Div 作品

地獄系列
第十五部
15
地獄之後

自序

真的是完結篇，這次終於沒亂預告了耶！

只有五個字想說，

「有你們真好。」

Div

地獄之後

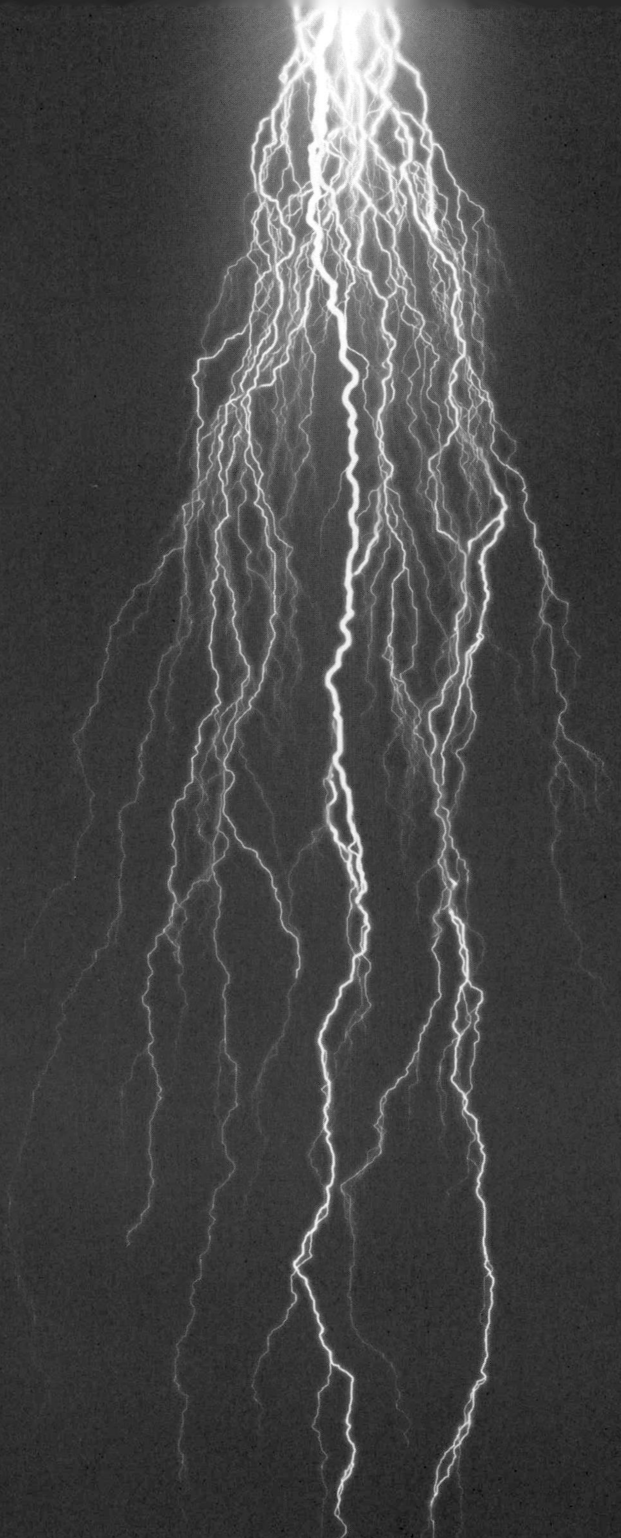

第十章　那個叫做賽揚的男人

停止了。

這一秒鐘，少年H很明顯地看到，那滿天黑火，藉由喉頭噴射加上甩動頸部增加變化性的黑色砲彈，停住了。

火龍認得阿努比斯？為什麼？

「你是小火龍，對不對？當年地獄列車之戰中，阿努比斯懷裡藏著一隻小火龍，還用小火龍燒過木乃伊二十九，你就是牠，對不對？」狼人T瞇著眼，微笑著，壯碩粗豪的狼人T，此刻顯得溫柔。

噴火龍沒有說話，沒有發出任何聲音，只是那對屬於天空的藍色眼睛，眨啊眨。

「這人，現在在第一節車廂，可能有危險。」狼人T咧嘴笑著，「你讓我們去找他，好不？」

「……」火龍依舊看著狼人T，沒有回應，是因為牠還有顧忌嗎？

「你不會在怪他吧？他會將你丟下，是因為他要去的地方很危險啊，那個地方叫做什麼你知道嗎？那裡可是一個叫做『地獄遊戲』的地方，你看看我的胸口……」狼人T說著，「我還被地獄遊戲裡面的壞蛋，給挖出了一個洞。」

「……」火龍仍看著狼人T，牠還在想？想什麼呢？

「你也長大啦，已經大到……」狼人T才說到一半，忽然，火龍的腮幫子慢慢鼓了起來。

這一鼓，不就代表牠嘴中的黑火，又開始醞釀了嗎？

「等一下……」狼人T見狀，急忙揮動手上的車掌帽，「這頂帽子真的是阿努比斯交給我的，當年在地獄列車上，他將你抱在懷中……」

火龍的腮幫子越來越鼓，他嘴裡這口黑火，其威力恐怕遠勝之前黑火。

「你還怪他？那你怎麼願意來到這裡？你……」狼人T正要繼續解釋，眼前，就突然一片灼熱的黑色降臨。

黑火來了。

而且論純度，論溫度，論威力，這一口黑火的威力都遠遠凌駕之前任何一砲黑火！

這一團黑火，有如充滿星子的夜空，純淨的黑之中包含了晶亮的星子，燦爛迷人，卻也極度危險。

「星子黑火？」狼人T失聲。「我的天，這不是噴火龍的傳說招數嗎？」

這團星夜黑火，瞬間來到狼人T面前，而狼人T因為距離太近，再加上措手不及，根本無從閃避。

只能一手拿著車掌帽，嘴巴微張，滿臉錯愕，然後人生的風景像是跑馬燈般在他眼前流過，正當他打算舉起爪子，做點盡人事聽天命的抵抗動作時……

他聽到少年H低語。「狼人T，別動，他不是瞄準你。」

就在這句不是瞄準你的瞬間，黑火驚險地在狼人T面前三公分處擦過，在鼻頭留下一條淺淺焦痕後，鑽向了狼人T的身後。

「不是瞄準我，那是瞄準哪……」狼人T倏然回頭，他看見了那枚宛如微型黑夜的黑火，落到了狼人T背後的牆上。

然後，黑火像是一隻精靈般，慢慢地鑽融入牆裡面。

「這是……」狼人T皺眉。

當黑火完全消失在牆內，緊接著下一秒，突然暴湧出來。

暴湧的黑火激起猛烈的熱浪，讓所有人忍不住側頭迴避，都忍不住架起靈氣抵抗，然後，所有人都看到了牆上發生了什麼事……

一道門，在火浪之中，緩緩開了。

原來，那裡有一道門，而星子黑火就是打開門的鑰匙。

在猛烈強勁的黑火突擊下，這道隱藏起來的神祕之門，才會因此打開。

這時，狼人T感受到胸口被打了輕輕一拳，出拳者，正是已經從地上站起來的少年H。

「老友，好久不見了。」少年H素來冷靜的神情，此刻也因為看到老友而溢滿了笑意。

「是啊，好久不見啦。」狼人T的嘴角揚起，同樣開心的神情。「這次換老子救你啦，哈哈哈。」

「是啊，剛那招不錯，但你又怎麼知道噴火龍與阿努比斯的淵源啊?」

「這就是你們人類永遠無法達到的境界了。」狼人T笑著，「祕密，就在我的鼻子上。」

「咦?」

「因為我也是野獸，所以我聞得到這頭噴火龍身上沾染了野獸之外的氣息。」狼人T看著噴火龍，眼神再次溫柔。「這樣的獸族，通常不會被其他獸族接受，但牠卻依然能成為野獸車廂的王，表示……牠非常努力。」

噴火龍依然沉默，只是用那雙碧藍色眼睛，回望狼人T。

「要洗去身上的人味，也不是沒有辦法，但噴火龍卻依然固執地留著，表示牠的眷戀很深。」狼人T注視著噴火龍，「這麼深的眷戀，如果我的鼻子還沒辦法聞出來，那這百年我不就白混了嗎？」

「原來是氣味啊。」少年H點頭，「這樣我真的服了，野獸都聞得到嗎？所以貓女也……」

「是啊，那隻驕傲的小貓一定也聞得到。」狼人T聳肩，「這是你們人類那早已生鏽的鼻子，永遠無法感受到的領域啦。」

「服了。」少年H搖頭笑著。

「服了服了。」這時，一個尖銳聲音傳來，「狼人T久仰大名啦，你的傳說很多，我也曾經想買你的海報，但後來沒買，抱歉抱歉，因為那時預算有限，剛好又看到吸血鬼女和貓女的海報……」

「你是……」狼人T看到了馬面，微微皺眉。

「我是馬面。」馬面笑著，伸出了手。「可以叫我鬼卒界的金城武。」

「鬼卒界的金城武？」狼人T單邊眉毛翹起，「原來鬼卒界這麼不挑，你的對手是誰？

牛頭嗎？我覺得他比你帥耶。」

「是嗎？」馬面撥了撥瀏海，不，看起來應該更接近鬃毛。「他除了那對角算是有點特色外，完全不行啦。」

「是嗎？」這時，少年H聳了聳肩，邁步往前，「時間有限，我們往前吧。」

「沒問題。」馬面做出鞠躬動作。

「走啦，H。」狼人T也點頭，追上了少年H的背影。

而就在這被黑火開啟的門之前，狼人T回頭，看向了火龍，那雙碧藍色的眼睛，正注視著自己。

「你不能來？」狼人T問。

「……」火龍看著狼人T，這份無聲，又是一個不用多說的答案。

「你不能來，我想是因為和撒旦有關，但你放心，拯救阿努比斯交給我吧。」狼人T用力拍了一下胸脯。「你放心，我和H兩個很可靠，一定會救下阿努比斯的。」

「吼……」這一刻，火龍終於有了反應，牠微微垂下了頭，像是道謝，更像是無比的信任，信任眼前這個擁有著相同野獸氣息的男人，一定會完成與牠的承諾。

「嗯，放心吧，我們家狼人T，最大的優點就是很講信用。」少年H大笑，笑聲中，已然推門而入。

門後，是一條懸空的鐵柱，鐵柱的後面，正是下一節車廂，第九節車廂。

少年H腳尖輕踩鐵柱，就這樣跨入了第九節車廂，隨即狼人T豪壯一吼，也跟著跳了過來。

之後是馬面，他先在鐵柱上失去了平衡，急忙蹲下，抓著細細鐵柱，一邊哀號著：「怎麼每條路都這麼難走？這真的是人走的路嗎？」最後終於半走半爬，有驚無險的爬進了第九節車廂。

「都過來了，我們趕快看看這一節車廂，到底是誰在搞鬼吧？」馬面擦了擦冷汗，打算回頭把第九節車廂的車門關上。

「不是喔，沒有全部都過來喔，我們還有一個人呢。」

「咦？還有一人？」

少年H沒有回頭，但背後的鐵柱，的確清楚傳來了咔的一聲，這是有人踩上鐵柱的聲音。

「還有誰？」馬面語氣戒慎，看向九號車廂門，一個寬大人影，遮住了門的光線。

「是我啦。」那人抓了抓頭髮，露出靦腆的笑容。「你們忘記我囉？」

「啊，是你？」馬面一愣，隨即開口。「剛剛在『無罪的極惡之人』的車廂裡面，那個帶我們找到出路的……啊，不好意思，忘記你名字，可以再自我介紹一次嗎？」

「我，我叫做一願。」

「一願男孩……」馬面抓了抓頭髮，啊不，是抓鬃毛。「你的名字好怪，而且看你的臉，你有三十歲了吧，叫男孩會不會太過分了？」

「會嗎？」一願男孩伸手摸了摸自己的臉，仔細看去，他的五官頗為英挺，就算已經有點年紀，那份英氣不但不減，反而還頗具魅力。

只是不知道為何，他的面容帶著憔悴，眼神憂鬱，似乎是被漫長的低潮耗損，也許，這份低潮，就是他被撒旦誘拐進入這列車的主要原因。

「不管你是一顧男孩、兩顧男人，或是三十顧老男孩……」這時，前方的狼人T打斷了兩人的對話。「現在，似乎都不是聊天的時候……」

現在，不是聊天的時候……

第九節車廂的前方，此刻，忽然砰砰砰幾聲，宛如爆竹炸開的聲音，每炸一聲，就是一盞大燈被點亮。

當所有的燈被點亮，這個第九號車廂的乘客樣貌，已經完全呈現出來了。

他們是壯漢。

身穿白色運動衣，手裡提著粗大棒球棒，笑容陽光中帶著單純的惡意。

棒球員車廂。

這裡是棒球員車廂。

「老子是貝比魯斯，我是這個車廂的王。」棒球員之中，一個身材最壯，眼神最銳利，全身散發最強殺氣的男子站了出來。「咯咯咯咯，我記得你們，少年H，還有狼人T。」

「棒球員車廂。」少年H全身靈氣凝聚，他記得這車廂，地獄列車時，棒球員們偷襲了阿努比斯，並造成阿努比斯受傷，也是整個地獄列車暴動的起點之一。

這群棒球員靈魂，不管他們性格如何，可以確定的是，當他們站在球場上，就是運動好手，而如果他們離開球場，手上的球棒就會讓他們變成極度恐怖的暴力份子！

而生前越是頂尖運動人物，到了地獄，就會成為越棘手的人物。

而這些數目眾多的棒球選手中，又以當前三人，最具備君臨天下的霸氣。

「我，貝比魯斯，棒球名人堂上，位列全壘打王。」前三人之首，貝比魯斯將球棒指向了少年H，「我會用我這根棒子，讓你們只剩下一座座墓碑！」

「我，韓德森，棒球名人堂上，位列盜壘王。」這時，站在貝比魯斯左後方，身材略瘦，帶著一種輕鬆卻又銳利氣息的男人開口了。「別眨眼，因為我比眨眼還快喔。」

而第三個人戴著帽子，他的氣質更為深沉，更為安靜，和前兩位以打擊聞名的強打者不同。

終於，他開口了，嗓音低沉。

「投手丘前是我的絕對領域，不會有任何一顆球，或任何一個人，能越過我的領域。」

那男人語氣雖然低沉，但卻散發著比貝比魯斯更甚十倍的霸氣，「我，名為賽揚。」

我，名為賽揚。

「不過就是一堆棒球選手，會是我們妖怪神魔的對手嗎？」狼人T大吼一聲，身體疾衝，有如一枚粗大黑箭，朝棒球選手們猛撞而去。

「揮棒！」這群棒球選手們掄起球棒，球棒如猛烈驟雨，就要朝著狼人T砸了下來！

但，砸到了嗎？

坦白說，沒有。

棒球選手們也許在世時是擁有超越人類神經的運動選手，但此刻，他們面對的是狼人T，狼人T根本不是人類，是野獸啊。

再卓越的人類運動神經，對生存在荒野，以野獸為食的狼人T來說，都只是一場又一場的慢動作播放。

只見狼人T狂吼聲中，穿入了宛如驟雨落下球棒之中，一邊輕盈躲避球棒，一邊揮拳迎擊球棒，在密集的砰砰砰砰拳聲之中，卻見斷裂球棒不斷飛上了天空。

而且，每當一根斷裂的球棒飛出，就會伴隨著一聲哀號，顯然持棒者也在這片混戰中凶多吉少了。

「就說人類的運動神經，只是一個屁……」就在狼人T狂妄大笑的同時，突然間，他感到背脊一冷，背後有人？

背後，一直有人跟著？

自己已經這麼快了，背後的那個人，竟然還可以不疾不徐地跟在他背後。

「吼，是誰？」狼人T回身就是一拳。

但拳頭卻揮了空，只揮中一片空洞的虛無。

因為，那人已經繞到了狼人T的背後。

「好樣的。」狼人T用更快的速度急轉身，更猛力地揮下拳頭，但拳心卻又揮入了一無所有的空氣中。

那個人影，如鬼魅，如冷電，又繞到了狼人T的身後。

「這是什麼速度啊？」狼人T大喊著，「媽的，你真的是人類嗎？」

「我當然是人類，剛剛是誰瞧不起人類的運動神經呢？嘿……」那影子緊緊貼在狼人T身後，那是一個可以輕易刺穿狼人T背心要害的距離。

「哼。」狼人T再次轉身，轉身同時，拳頭已經揮出，只是，拳頭又無奈揮入虛無空氣中。

「不過，我承認自己有點作弊，畢竟進入這台列車之後，我發現自己的速度更快，快到自己都會害怕了啊。」那人影笑著，笑聲就在狼人T的耳後，距離近到狼人T都能意識到危險。

「就算有撒旦願望加持，你的速度的確早已超越人類！」狼人T咬著牙，「告訴我你的名字！我會記住！」

「我的名字嗎？請好好記住……」那人影大笑著。「我是世界第一的盜壘者，球場上的速度之王，韓德森啊。」

說完，狼人T只覺得背上一痛，竟像是被數把尖細利刃穿入。

「吼。」狼人T皮粗肉厚，這一下沒對他造成重傷，卻也的確見了血。

他拳頭再次猛然往後揮去，這盜壘王韓德森輕鬆一退，就避開了狼人T的這一拳。

也是這一退，讓狼人T看清楚了，剛才究竟是什麼利刺穿入了自己的背部……那竟是一雙鞋！

一雙上頭佈滿尖刺的鞋，與運動選手所穿的釘鞋相似，但底部的釘子更長、更鋒利，那已經不是一般的釘鞋，而是一只凶器了。

而就在這一頓，盜壘王又發動了攻勢，他往前跑了兩步，身體突然前滑，但這不是一般的滑倒，而像是專攻下路的一把貼地飛行巨刃，朝狼人T的雙腿，直劈而來。

專劈下盤，又如此凌厲的攻勢，以狼人T在荒野求生這麼多年，也從未見過，他急忙往上一跳，避得倉促。

但狼人T才跳到半空中，盜壘王實在靈活，他的雙手往地下一撐，有如體操選手的鞍馬運動，硬是將雙腳方向由前轉為上，宛如一把往上突刺的尖刀，嚓的一聲，把狼人T的右腳，擦出一條鮮血亂噴的長傷口。

又見血了。

狼人T痛得咬牙，他才落地，又見到那個盜壘王跑了兩步，再次前滑，腳上的釘鞋，再次貼地潛行而來。

「吼！這麼古怪的攻擊方式！這是什麼名堂啊？」狼人T這次不再逃避，右拳一握，朝滑行而來的盜壘王，直接由上而下的揮拳打下。

只是狼人T的拳頭用力擊下，地板因此震動，甚至將列車地板擊出了一個拳印，但就是沒有打中這位盜壘王。

因為盜壘王實在靈活，他竟然在滑行時驟然改變方向，繞了半圈之後，腳上釘鞋再次穿入了狼人T的左腳……

「這是什麼名堂？告訴你，這是棒球選手的基本動作喔！」盜壘王大笑著，「它叫做，盜壘啊！」

噗，狼人T的腳上鮮血四濺，這剎那狼人T懂了，這位盜壘王的目的是什麼？他要打殘狼人T的雙腳，讓狼人T失去了行動能力，然後再慢慢凌遲。

「盜壘？好樣的，無論是哪個人類發明了這樣的招數，他都創造了武學和攻擊的一種新境界！」狼人T噴出重重的鼻息，狼人T雙腳都已受傷，倚在列車的座位邊，面露冷笑。「我收回剛剛人類無法和野獸比擬這句話，優秀的人類運動員，的確可以和野獸一戰。」

「彼此彼此。」盜壘王微笑著，慢慢地轉動自己的腳，而腳底的釘鞋的長刀，映著火車燈光，閃爍著令人膽寒的光芒。「能連吃我兩腳而不倒，你一定也不是一般的野獸吧。」

「是嗎？」

下一秒，兩人再次移動了，盜壘王身形一晃，又是地面潛行的盜壘一擊，而狼人T則眉頭緊皺，他該怎麼破解這一招？再不破解，他可是會變成一具身上佈滿釘痕的爛屍體啊。

該怎麼辦呢？

當這一邊，狼人T和盜壘王陷入纏鬥之際……

車廂三大棒球手的第二個，貝比魯斯，他的球棒已經揮向了馬面，稱霸大聯盟百年，無人能撼動其地位的全壘打紀錄保持者，他每一下揮棒，都已經不是在擊打小白球了……而像是在揮動能砍倒巨木的利斧！

而他想輕鬆宰掉，然後丟入垃圾桶的對象，是那個老是撥弄長髮，啊，不是，是鬃毛的鬼卒界金城武，馬面。

「救命啊。」馬面一邊逃竄著，而背後貝比魯斯的棒子，已經砍倒了幾張椅子，在牆上劈出了一條一條怵目驚心的棒痕。

但，沒有打到。

馬面逃得驚險，逃得亂七八糟，逃得千鈞一髮，不過奇怪的是，就算貝比魯斯能輕易把小白球從球棒送到全壘打牆之外，就算在地獄列車上攻擊力被放大百倍……但，他就是沒有把馬面這顆長長的頭顱，敲成凹字形的餡餅。

「救命，救命，誰救了我，我就承認他比我帥一點……」馬面大叫著，「啊，鬼卒界金城武的名號，就讓給他了，我當鬼卒界劉的滑就好……」

「你他媽的！」貝比魯斯嘶吼著，手上的球棒越揮越快，越揮越猛，每一下揮棒，都像是要把整個列車切成兩半，如果真的在棒球場上，被他此刻球棒敲到的球，不但會飛出全壘打牆外，甚至會飛過一整個城市，飛出大氣層，打穿大陸製的人造衛星。

最後人家只會說，大陸製的品質果然有點問題，竟被球棒一打就下來？

不過不論貝比魯斯手上球棒在猛揮，若是沒打到目標，就是沒有意義……這鬼卒界金城武，不，這劉的滑，不管多狼狽，多淒慘，他就是能在揮棒縫隙中，驚險躲過。

數十下的揮棒都落空，貝比魯斯都快氣瘋了，他嘶吼著，繼續追逐著馬面。

而就在車廂這頭貝比魯斯和馬面玩著追逐戰時，車廂的另一角落，有兩個人，卻始終只是對視，遲遲沒有出手對戰。

不，不能說是沒有。

應該說是，他們戰鬥縱使沒有進入拳腳相向的境界，卻已經在雙方強悍的靈氣互相擠壓中，傲氣絕倫的展開了。

他們是少年H，以及大聯盟之上的至尊投手賽揚。

他們站在車廂的兩端，安靜地凝視彼此。

只是凝視而已，竟就讓整座車廂陷入一片連呼吸都感到困難的緊繃氣氛之中。

那感覺，就像是在世界大賽中的關鍵一戰，在千萬雙眼睛注視下，投手丘上，這男人站了上去。

他，是所有壓力最後集中之處，卻因為承受得住這如萬仞高山的壓力，讓他只是一個眼神，就足以震懾全場。

不過，如今他如同千萬重壓的眼神，卻沒有壓倒眼前的這名少年。

這名少年，自然就是少年H。

穩穩的，優雅的，輕鬆的，化解了如天崩地裂般的眼神重壓，更讓施壓者產生如臨大海汪洋的崇敬感。

「不管你是誰，我都必須說，你，很適合當投手。」賽揚笑了。「投手所要承受的壓力之重，絕對是整場棒球比賽中最大，時間也最長的，而你顯然很有天分。」

「過獎。」

「不過，既然我奉命把守這車廂，一如我要守住每場比賽，我是絕對不會輕易讓你們過去的。」

「我懂。」少年H凝視著眼前高壯的男人，賽揚。

他，沉思著，該如何對付。

對方若是投手，丟擲就會是他的主要攻擊方式。

如果只是面對一般丟擲攻擊只需要閃避，趁機反擊即可，但對手可是賽揚，他的丟擲攻擊，會只是一般嗎?究竟會到什麼級數呢?

思考間，丟擲就來了。

在這一秒，少年H也懂了，原來思考這件事，在真正神級丟擲之前，毫無意義可言。

被丟擲而來的，是一顆白色的棒球，棒球不大，但卻在它離開主人的手心，筆直射向少年H的短短零點多秒中，快速脹大了起來。

每靠近少年H一公尺，球就大上三倍，而車廂這不長不短的十餘公尺，就讓球已經巨大到足以塞滿整個車廂，像是一枚威武巨岩，朝少年H而來。

「巨大……」少年H懂，脹大的其實不是球，脹大的，其實是氣勢。

這顆比拳頭更小的白色棒球，此刻宛如深海魔龍，宛如遮天怒鳳，宛如載運著十萬大軍的巨型列車，對少年H疾駛而來。

面對這樣巨球攻擊，少年H伸出了手，手上閃爍出太極圖騰，他要用他最拿手的太極，將其化勁。

但卻在白球距離他手心不到十公分處，他卻聽到一個聲音從後而來……

「少年H，這是『賽揚之球』，它是化不了勁的。」

賽揚之球，化不了勁？

這一瞬，少年H的手心，碰觸了這顆氣勢壯大的賽揚之球，然後，少年H就懂了，何謂化不了勁……

十，不，是二十，二十一，二十二，是二十三……這枚小小投擲而來的棒球之中，竟隱藏了二十三股完全不同的勁道。

是猛力的下旋力，是定時炸彈般的反饋力，是陡然加速的變速力，是令人輕忽的失重力……

二十三股力，層層疊疊，互相隱藏，也互相牽制，形成一組像是密碼般牢不可破攻勢，而攻勢如此複雜，的確難以在輕輕一揮手的時間內，將其化勁。

「化不了勁，就打掉它吧。」少年H轉掌為拳，在輕輕哼歌的這剎那，以拳頭迎擊這賽揚之球。

轟然一聲，少年H身體往後飛騰，退了三四步，並在地上踏出深淺不一的腳印，才終於將這賽揚之球的威力，全部排解掉。

「厲害喔。」少年H微笑，「擁有這樣的球質和球路，難怪能在棒球名人堂上留下第一的稱號。」

「過獎，原本我只有三到四種旋力的。」賽揚不知道又從哪裡，變出了另外一顆球，在他手中把弄著。「誰知道進到了地獄，上了這台列車之後，無論是力量或是種類，都突然暴增了。」

「是啊，一路上每個車廂的人都這樣說。」少年H嘆了一口氣。「真搞不懂這一台是什麼列車……」

「這是，讓我們得以盡情發揮實力的，暴力列車啊！」賽揚手往後，扭腰，身體一甩，又是一枚暴力十足的投擲，朝少年H而來。

這次的球，沒有變大。

反而開始變小……

越來越小，越來越小，小到逼近少年H面前之時，球甚至已經小到看不見了……

球沒有變大，反而變小，但氣勢卻絲毫未減，反而讓少年H吸了一口氣，身體微微前趨，擺出了備戰接球的姿態。

然後，接住。

球變小，衝力與面積成反比的物理公式下，少年H的身體這次飛騰得更遠，飛過了半截車廂，就要撞上車廂的尾端……

「這個叫做賽揚的人，還真是難纏……」少年H不斷往後飛著，他目光看到了整節車廂的狀況。

狼人T猛揮著拳頭，不斷左右繞著，但盜壘王在他身邊繞來繞去，速度快到像是鬼影，狼人T的速度是屬於荒野的速度，這種小格局的高速戰鬥對他實在不利。

而另一頭更慘，貝比魯斯的球棒像是開山大斧，沿路亂砸，砸破椅子，砸碎玻璃，砸斷行李架，砸得亂七八糟，而馬面邊叫邊躲，但縱然棒棒驚魂，卻沒打到馬面……

少年H再將眼神回到賽揚身上，這身材高瘦精實，將每顆投球的威力都發揮到極致的男人。

每球都隱藏超過二十種變化與潛招，讓自己的太極無法順利發揮，的確是一名可敬的對手。

又是僵局，該怎麼解這僵局呢？

最後，少年H將目光，移向了我方的第四個人，那個身材高大，眼神悲傷抑鬱，卻英氣勃勃的男人。

少年H想起了什麼……

「你說，你是打棒球的。」

「是。」

「你曾經登上大聯盟？」

「嗯。」

「你曾經奮戰不懈，直到有資格爭奪勝投王？」

「嗯。」

「你，是不是曾經背負著兩千三百萬人的期待。」少年H淡淡的笑著，「最後，你無愧於這份期待。」

你是不是曾經背負兩千三百萬人的期待，最後，你無愧這份期待？

「一願男孩！」少年H提氣大喝，「我們需要你！」

「我？」男子抬頭，臉上滿是迷惘。

然後，少年H雙腳蹬上了車廂底部，然後從腹部拿出了一樣東西，那東西色呈雪白，滾圓如球。

這不是剛剛賽揚朝少年H猛扔的棒球嗎？

「嘿。」少年H把手上的球，拋出了一個圓弧，然後啪的一聲落在一願少年的手心。

「這是？」

「投球吧。」少年H對男子露出溫柔的笑。「盡情的投球吧。」

「盡情投球……」一願男孩撫弄著手心的球，那球縫線粗粗的觸感，以及球面微滑的感覺，透過他手心，傳達到了他的心裡，他突然有種暖暖的，酸酸的，說不上來的感覺。

「你現在是靈魂，沒有肩膀受傷的問題，除非你還覺得自己的肩膀有傷。」少年H雙腳撐在車廂底的門上，一手拉著行李的鐵架，對著一願男孩微笑著。「而要解決這些棒球混蛋，還是需要一個真正的棒球選手才行。」

「我該怎麼做？」一願男孩看著少年H。

「只要照著你在球場上的做法，就好了。」

「但防守球員，外野，游擊，一二三壘……」

「這些部分，」少年H笑著，拍了拍胸脯。「就『全部』交給我了。」

「是嗎？」一願男孩看著少年H，看著少年H充滿自信的神情，看著車廂內每個夥伴信賴少年H的態度，一願男孩再次產生似曾相識的感覺。

當自己站上投手丘，不就是這樣相信著他背後的夥伴嗎？

而那些夥伴，不就是這樣相信著他的背影嗎？

「好。」一願男孩舉起了手，腳往前抬，身體扭動，他要投球了。

「投吧。」少年H笑，「就像那一次，兩千三百萬雙眼睛注視著你的時候……」

「……」一願男孩沒有說話，他已經將一切都專注到了他的手、他的身體，以及他手上的球之上。

然後，球離手。

化成一道穩定的白色弧線，朝著車廂中第一個目標，盜壘王韓德森而去。

盜壘王正狂奔著，卻彷彿感覺到球的來臨，他停下地面潛行，微微一頓，抬起了頭。

然後，少年H也吸足了氣，右手輕輕放開行李架，雙腳用力往後一蹬。

球快，少年H更快，來到了盜壘王之旁。

「該死！」盜壘王在這一瞬間，明白接下來會發生什麼事，他咆哮，急轉身，就要回奔。

但，這一瞬間，還是這一瞬間，少年H已經接到了球。

並在接到球的同一瞬間，反手以球扣向回奔而去的盜壘王……

碰到。

狙殺。

盜壘王韓德森在地上滾了兩圈，他知道他的背部被球碰到了，也是這一碰，他發出哀號，然後砰然一聲，就這樣消失在地獄列車上。

「狙殺！」賽揚和貝比魯斯互望一眼，「現在是棒球規則，輸家就退賽嗎？」

然後，少年H再次拋球，拋向了一顧男孩。

「第二球，來啦。」一顧男孩臉上的笑容收斂，換成了更專注、更強悍，卻也更享受的神情。

第二球來了，這次目標，是上次的第九車廂的王，貝比魯斯。

「別瞧不起人啊！」貝比魯斯額頭爆滿青筋，發出震天大吼，「老子可是古往今來最強的全壘打王啊！」

說完，貝比魯斯的球棒揮了出去。

擊中。

球被貝比魯斯快到像風斬般的球棒切中，往旁邊疾飛而去。

球勁很強，球威很猛，但卻擊到了一旁的窗戶，擊中的剎那，列車的防護符咒緊急啟動，一層又一層的符咒力抗這威猛絕倫的球勁，花了足足三秒，才讓球失去威力，滾回一顧男孩的腳邊。

「界外！」一願男孩低身，撿起了球。「一好球。」

「出界了嗎？可惜啊。」貝比魯斯轉動著手上的棒子，棒子外圈好像隨著他的冷笑，散發出驚人的黑濁陰氣。「下一棒，就對準你腦袋吧。」

「呼。」一願男孩再次抬腳，右手又舉了起來，然後當腳往前一蹬，手上的球，也跟著扭轉了出去。

球速不算快，但一定很沉。

沉重的球，沒有太華麗的技巧，但卻充滿力道，擺明了就是要正面迎戰貝比魯斯的棒子。

「正面迎戰嗎？找死！你知道老子是誰嗎？」貝比魯斯猛力揮棒，鏘的一聲，所有人耳朵同時麻掉，球同時離開了球棒，朝前飛去。

會打中一願男孩嗎？這麼威猛的擊球足以將一願男孩的頭顱完全打爆啊！

沒有，球擦過一願男孩的側臉，然後飄高，撞上了火車的車壁，再次讓防護咒語如波浪般扭動，過了數秒，球……才緩緩落下，滾到了一願男孩的腳邊。

「兩好球了。」一願男孩再次彎腰，撿起了這顆球，耳邊則是貝比魯斯的狂笑聲。

「男孩啊，你知道剛剛那球距離你親愛的臉有多近嗎？」貝比魯斯齜牙咧嘴地笑著，手上的棒子往前指……指的方向正對一願男孩的臉。「下一球，我保證，會打中你的臉，然後你可以猜猜看，你的腦漿最遠會噴到哪裡？」

「呼。」一願男孩抓著球，下一球嗎？

下一球，不只是分出勝負，而是生死相搏了嗎？

他死掉，會怎樣嗎？

會像一場夢一樣又回到殘酷而冷漠的現實世界嗎？

還是真的就死了，從此他剩下一尊笑容可掬的黑白照片？

他真的可能贏嗎？對方可是大聯盟有史以來全壘打率最高的紀錄保持者！

就在他陷入短暫思考之際，他眼角餘光看見了遠處的那個少年H，他伸出拳頭，碰了碰自己的胸膛，然後將拳頭舉向了一願男孩。

這姿勢是……

不只是少年H，一旁壯碩如狼的男人，也露出信任的笑，以拳頭撞了撞自己胸膛之後，朝著一願男孩的方向舉起。

還有，那個長著一張超級長臉的那個奇怪馬面，也一邊翻著白眼，一邊用拳頭碰胸膛，然後軟趴趴地對著一願男孩，舉起了拳頭。

這三個人，想告訴自己什麼？

是期望嗎？

就像是，兩千三百萬，曾經，不，至今仍是，對自己的期望嗎？

背負期望所投出來的球，該是這麼軟弱嗎？弱到會被貝比魯斯回擊回來？

是不是應該更純淨，更堅定，更美……

然後，一願男孩的右腳抬了起來，腳尖在空中劃出一個好美的弧線，然後用力朝地一踩。

當腳底紮紮實實踩到了地面，一願男孩的左手，同時挾著全身的力道，甩了出去。

他的球，從手掌不斷往前翻滾，滾到了指尖，承受了完美無缺的力量灌注，才像是縱然
繼家卻意志堅毅的小鳥，展開了雙翅，朝著貝比魯斯的棒子翱翔而去。

球依然不快。

但這次不沉了。

這次很優雅，很輕盈，精準地飛到了貝比魯斯的正前方。

這是絕不容懷疑的好球帶好球，按照棒球規則，貝比魯斯若是不揮棒，就進入標準的三球老K，當場出局。

「這球，非常好。」這時，一旁始終沉默，但散發強大威脅力的投手之王，賽揚如此說著。「老貝，要當心。」

這球好？貝比魯斯雙目綻放炙熱瘋狂的光芒，然後棒子從肩膀開始，劃出銳利到沒有半點瑕疵的銀線，往前揮了出去！

「好好記住你臉的樣子啊！」貝比魯斯狂笑著。「因為以後就再也看不到了！」

球棒，正中球心。

然後貝比魯斯腰部用力，將全身的力量，以及進入地獄之後所有的靈力，全部都灌注到棒子之中。

他知道，這是最強的一擊了。

從人間到地獄，最強最暴力的一擊了。

這一擊，絕對能將眼前這個不知道哪跑出來的一願男孩，從腦袋到胸口，從胸口到肚子，

全部轟成一片鮮血肉末的。

而一願男孩呢？

他投完了這球，眼睛定定往前，這是相信，相信他所投出的球，相信來自他背後那份期待……如同兩千三百萬顆心的期待。

棒子停了。

貝比魯斯的動作停了。

一願男孩的手停了。

少年Ｈ、狼人Ｔ、馬面所有的聲援動作都停了。

在此刻，唯一的聲音，來自賽揚。

他的聲音由低沉轉為清朗，更帶著一份等待戰鬥的興奮與期待。

「終於，換我了。」賽揚嘴角慢慢揚起。「全壘打王都被你打廢了，接下來……是我們投手之間的對決了。」

全壘打王都被你打廢了，接下來……是我們投手之間的對決了。

第十一章　單人車廂

一願男孩與賽揚的投手對決怎麼進行的？少年H等三人其實並不清楚。

並不是少年H他們決定袖手旁觀，更不是少年H他們臨陣脫逃，而是一願男孩緩緩往前一站，擋住了賽揚，讓少年H等人得以先行通過。

「一願男孩……」

「賽揚這個名字，是每一個當投手的偶像。」一願男孩慢慢地說著，「能和他在這裡一戰，是我的榮幸。」

「嗯。」

「你們走吧，」一願男孩沒有看向少年H等人，只有蒼涼、雄壯，卻充滿自信的背影。「賽揚，我會擋住的。」

「擋住賽揚……」少年H看了一眼賽揚。

在短暫與賽揚交手的過程中，少年H知道，賽揚是少數能讓少年H的太極失效的終極強者。

一顆球中，能藏入二十幾種氣勁，他的球不只威猛，更是玄機重重，這棒球車廂真正王者不會是盜壘王，也不會是全壘打王，而會是他……

投手，賽揚。

一個唯一在比賽中，必須單獨面對所有敵方的對手，並且完全掌握整場比賽的男人。

一願男孩，真的能完全擋住他嗎？如果留一願男孩在這裡，他的下場又會如何？

「少年H，不用替我擔心。」一願男孩依然沒有回頭，但他的背影，的的確確說出了一切他沒有說出的話。「現在的我，可以。」

看著一願男孩的背影，少年H嘴角微微地揚起了。

是啊，是不一樣了。

在『無罪的極惡之人車廂』遇到一願男孩時，他鬱悶而困頓，迷惘而失落，但如今，他卻散發著一股天地無懼的氣勢。

有著這份氣勢，少年H相信，一願男孩真的能擋住賽揚。

「投手站在投手丘上，說是技巧，說是抗壓性，說是團隊合作，其實都不是……」賽揚慢慢地說著，「真正決定一切的，是氣勢。」

「是能否宰制整個球場，君臨天下的氣勢。」賽揚邊說著，他身上一邊散發著，如他所說的，君臨天下所向披靡的氣勢。「小子，你，有點潛力喔。」

一願男孩沒有回答，只是看著賽揚。

然後，他突然覺得，他好想投球。

好想好想好想好想好想……盡情地投球，在這個投手的面前。

「來吧，」賽揚大笑，「我們用投手的方式對決，讓閒雜人等滾開吧。」

而就在這句讓閒雜人等滾開的同時，少年H看見車廂的後面，砰一聲開了。

顯然，是賽揚開的。

這個名震整個棒球界，一直到如今，他的名字直接等於「最強投手」的男人……完全不要手段，直接開門讓少年H等人過去。

原因，只會有兩個，其一，是他根本不屑聽從撒旦的命令；其二，是他有了值得一戰的對手。

就算眼前這名一願男孩，仍像一顆原石，需要無數比賽與慘痛經驗的雕琢，才能成為另外一枚，足以照亮大聯盟百年歲月的鑽石。

只要，他能耐得住這些雕琢。

只要，他能墜入黑暗谷底而保持一顆清明的心。

那他，絕對會成為一代巨投。

「但我相信你可以，」賽揚微笑著，右手緊握的白球，散發著濃烈無比的火焰靈氣，這股靈氣，正是面對千百位打者始終未曾落敗的投手霸氣。「因為，你也是背負著期待的男人。」

一願男孩沒有說話，但他抬起了腳，舉起了手，手上的白球，在翻滾中從他手中丟了出去。

同時間，賽揚也是，他的動作像是一把鋒利的劍，穿破了空氣，化成一滴鋒利的晶珠，射向了一願男孩。

這晶珠，當然就是他手上的球。

兩顆球，筆直的，沒有任何迴避的，在車廂的中央碰撞了。

這是第九節車廂的最後一場戰鬥，也是替未來棒球世界掀起全新波瀾的一場戰鬥，因為不久之後，那位一願男孩將會離開這輛列車，重新開始他全新的棒球旅程。

另一頭，少年H等人，他們在進入第八節車廂以前，還是有些持著球棒，試圖阻攔三人前進的棒球選手。

「都是小咖。」狼人T笑，雙拳緊握。「直接打過去吧。」

「是啊，看看好些日子沒見，大夥的身手有沒有退步啦。」少年H手一揮，手腕揮舞成優雅太極。

「打架，我最在行啦。」馬面揮動手上的鏈子，一陣甩動，鏘鏘幾聲，竟然掉了好幾個鎖鏈，顯然一路打過來，馬面的招牌武器奪魂鏈已經快要不敷使用了。

看著自己殘缺不全的鎖鏈，馬面臉上先是一陣尷尬，隨即又開朗的笑了，「幸好我很帥，人帥無敵啊。」

這句話剛說完，棒球選手已經蜂擁而來，下一秒，數名棒球選手飛起，被狼人T一拳轟退了。

接著另一團棒球選手則開始在空中打轉，每個人像是失去了重心般亂飛著，然後在啊啊啊啊的慘叫聲中，砰砰砰的撞上了車廂玻璃。

而馬面呢？他一邊逃著，一邊撥弄著他長長鬃毛，維持著他帥帥的姿態。

「H，列車時間截止，還多久？」一邊打著，狼人T一邊說著

「剛進來時，我們還有十分鐘，走過了五節車廂，我們還有六分鐘多。」少年H邊打著，邊瞄了一眼手上的手錶。

「還有六分多鐘？」混戰中，馬面忍不住湊了上來，「你說我們剛剛潛入海洋，打過泡麵大亂鬥，打了幾場棒球賽，還差點被火龍黑火噴死……這樣只過了四分多鐘？我們的時間簡直和灌籃高手一樣……」

「灌籃高手？」

「最後十秒，它用了整整一本單行本，也就是讓讀者硬生生等了一個月啊。」

「這麼誇張？」狼人T失笑。

「就是這麼誇張，而且我還聽過更誇張的！」馬面說。

「還有更誇張的？」狼人T繼續問。

「有啊，最誇張的當然就是有一本小說，十年前開始寫，每一集最後面都寫下集預告，但奇怪的是，每次下集預告都不對……」馬面嘆氣。「你相信嗎？這一本小說，終於要完結篇了……」

「這樣奇怪的小說，也要完結篇了啊，小說界少了這麼奇怪的作品，會不會有點寂寞啊。」狼人T露出深感認同的表情。

「多少吧，」馬面也露出沉默的神情，「之後再也看不到這麼奇怪的小說了……」

「也許，這作者還會有新作品？」

「也許，繼續亂預告？」

「也許，繼續拖稿？」

「也許，繼續在序寫自己小孩長大的故事？」

「也許，繼續被讀者碎碎唸卻又堅持慢慢寫？」

「也許……」

當兩人一起陷入沉默之時，少年H的雙手拍了一下馬面和狼人T的肩膀，「好啦，別想東想西了，我們現在還在列車上呢，狼人T，我有件事想問你……」

「啥事？」

「在我們之中，你算是唯一接觸過撒旦的，你覺得他是一個什麼樣的人呢？」

「嗯，H，你想擬定對撒旦的作戰計畫嗎？」

「差不多，」少年H沉吟，「因為我覺得撒旦在某種程度上，是四個Ace中最難纏的。」

「怎麼說呢？」

「四個Ace中，論戰力最強的當然是黑桃A蚩尤，但蚩尤個性光明磊落，霸氣狂傲，不做暗事，跟這樣的人交手，就算敗也會敗得心服口服。」少年H說。

「嗯。」

「而紅心A濕婆呢？他乃印度主要破壞神，印度神系最高神祇之一，個性深沉少言，魄力十足，不過他雖貴為三大古老文明的主神，但同時也是一名父親……因為父親的這角色，給了濕婆一顆溫暖的心，也讓他願意讓出這次搶奪願望的機會。」

「嗯。」

「賽特是第四張 Ace，他是埃及神系的主要惡神，手握黑暗與狂沙，實力能列入四大 Ace 當然不用多說，只是賽特表面的惡，其實是源自一份真摯但永遠無法實現的愛情，也因為如此，讓賽特有了血肉，變得不再那麼令人畏懼。」

「有道理。」

「沒錯，這是我所知道的三張 Ace，」少年H說道，「但坦白說，對於鑽石A撒旦，情報卻是相對少的，只知道他與蒼蠅王有些淵源，這些年來他深謀遠慮，藏身各大主神之後，到最後一刻才出手，時機漂亮到令人咋舌……」

「沒錯，仔細回想，撒旦機關算盡，四張 Ace，他真的是一個最麻煩的角色。」狼人T和馬面同時點頭。

「而狼人T你這些日子，被撒旦劫走，甚至受到了挖心酷刑，我想知道，你到底怎麼看這個鑽石A？」少年H說。

「我對他只有四個字。」狼人T回想自己被掏心的過程，只能苦笑。「就是混帳！」

「好一個就是混帳……」少年H也笑了一下，「但我還需要直覺的感覺。」

「直覺？」

「沒錯，就是直覺，要擊敗魔神等級的對手，已經無法用常理推斷，唯一能取得一絲勝算的，就是『直覺』。」少年H說，「而論直覺，我認識的人之中除了貓女，就屬你了，狼人T老友，你直覺上撒旦是什麼樣的人？」

「直覺嗎？直覺……真要說……這傢伙除了混帳、奸詐、卑鄙之外，還很……」狼人T沉吟了一下，才將心中的話說出來，「驕傲！」

「驕傲？」

「沒錯。」狼人T說，「撒旦很驕傲，就是那種將普羅萬物視為蟲蟻，自以為高人一等的，『驕傲』！」

「驕傲？」少年H回想撒旦這數百年各種行徑，販賣邪惡願望，以詭計取得西兒心臟，到後來被逼著與魔佛正面對決，其實都隱隱透露著一股專屬於撒旦的驕傲。

我陰險，我卑鄙，我利用各種手段，但，我撒旦兩個字，是絕對高貴神祕，不容任何人侵犯與質疑的。

我高貴，而萬物蒼生，只是我腳下，供我驅策的螻蟻罷了。

「沒錯沒錯，就是這驕傲，撒旦這混帳全身散發著一股驕傲之氣，我發誓……」狼人T說起撒旦，鼻子連哼好幾道怒氣。「老子總有一天會把我的拳頭，深深埋進他那搞不清楚是男生還是女生的臉裡面。」

「相信，一定可以的。」少年H微笑，「狼人T老友，你提供了一個很好的建議，我會再想想，如何破解撒旦這苦心佈下百年的局，接下來，我們要去第八節車廂了，狼人T，你還記得當年的第八節車廂是誰嗎？」

「記得。那節車廂，只有一個人……」

「是的，只有一個人，一個擁有獨自享有單一車廂權力的人。」少年H說，「吸血鬼之祖，德古拉伯爵。」

「德古拉伯爵也在地獄遊戲中與我們共同奮戰，若是他，應該不會受到撒旦控制……」狼人T說，「那你覺得是誰呢？H。」

「我不知道。」少年H微笑，「打開門，我們就會知道了。」

此刻，狼人T與少年H同時握住了手把，相識一笑後，同時拉開了門把。

當一陣涼風襲來，他們看到了第八節車廂的全貌。

而這節車廂，竟然和當年一樣，只有一個人。

整節車廂，沒有一整大片的軍團，沒有深不可測的海洋，沒有詭異的黑暗和閃爍的眼睛……

這節車廂，只有一個人。

而這個人，是誰？

如果不是德古拉，還有誰能享有獨坐一個車廂的尊貴身分，與巨大權力？

當車廂門開，少年H與狼人T兩人的目光，都集中在同一個地方……在車廂中央的位置，有一個坐在椅子上的背影。

「你是誰？」狼人T身體微微蹲低，右手成拳，左手成爪，鬥氣外露。「誰在那裡？」

「……」少年H則是緩步向前，一手背在身後，一手自然垂下，看似悠閒的在庭院散步，實則是攻防完美一體的狀態。

「他很強嗎？你們幹嘛怕成這樣？」馬面看到狼人T和少年H兩人的樣子，也感到非同小可，故畏縮地躲在兩人後面，也慢慢前進著。

「不確定他強不強，但按照一般打關卡的設定，能一個人佔滿一節車廂的，百分之百是Boss等級。」狼人T小聲地說，「你別太大聲，驚動了他，生氣就不好了。」

「生氣？他會生氣？他脾氣很壞嗎？」

「誰知道……」狼人T說，「當Boss都嘛很孤單，沒有人想要跟他同一節車廂，這種人都可以因為孤單而脾氣很壞喔。」

「是喲。」馬面點頭，「這點我懂，每次我去地獄的公共澡堂，也會因為我長得太帥，當我一靠近池子，所有的大鬼小鬼女鬼都急忙掩著鼻子從池子跑出來，這部分我懂，我懂孤單和強大的痛苦。」

「你真的懂……嗎？」狼人T的眉毛挑了上來，正要說話。

忽然，車廂中央的那個人，有了動作。

緩緩的，優雅的，起了身。

起身的這短短一秒，讓少年H等三人都禁不住屏住了呼吸。

這個單獨佔領一個車廂的人，會是什麼樣的 Boss？會是德古拉嗎？又或者是比德古拉更強大，更危險，更具殺傷力的魔王？

這個 Boss 終於完全轉過了臉，金髮飄揚，笑容冷豔卻熟悉。

看見這笑容，少年H和狼人T頓時吐出了一口長氣，狼人T更跟著笑了出來。

「哎啊，車廂裡面的人是妳啊。」狼人T大笑著，「好久不見啦，吸血鬼女。」

好久不見啦，吸血鬼女。

這車廂之中沒有王，沒有阻撓者，竟然只有另一個獵鬼小組的成員，吸血鬼女？

只見吸血鬼女踏著優雅的步伐而來，直到狼人T面前站定，伸出她的優雅但強韌的拳頭，碰了碰狼人T的胸膛。

「嘿，聽說這裡面現在是空心的？」吸血鬼女笑。「是真的嗎？」

「真的是空的啊。」狼人T挺起胸膛。「現在我和殭屍同族，沒有心跳也活得好好的。」

「呵。」吸血鬼女笑了，「狼人T還是很臭屁這點，倒是一點都沒改變啊。」

「不是臭屁，因為我們是獵鬼小組啊，還有誰能比我們更值得臭屁？更值得為自己喝采？」狼人T大笑。

因為我們是獵鬼小組啊，誰還能比我們更臭屁？

聽到這句話，所有人都安靜了下來，短暫的，深沉的，驕傲的，細細品味了這句話。

甚至連一直大小聲嚷嚷的馬面，竟也在此時此刻，安靜了下來。

他歪著頭，似乎在想些什麼，又好像也理解了這句話……

這時，少年H像是想起什麼似的，開口問了。「吸血鬼女，妳進到這車廂的時候，都沒有任何守關者嗎？」

「守關者？」吸血鬼女看著少年H，搖了搖頭。「沒有啊。」

「所以這原本是空空的車廂嗎？」狼人T叫了起來，「哇，吸血鬼女，妳也太幸運了吧，前面車廂都超凶的勒，賽揚投手、藍眼噴火龍，妳竟然遇到空的車廂……」

「那吸血鬼女，妳為什麼不繼續往前呢？」少年H又繼續問。「繼續往前，可以接應其他在前方的隊友，像是羅賓漢J和貓女啊……」

「我想等你們啊。」吸血鬼女表情淡然，「會合之後再一起前進，不是比較好嗎？我們可是並肩作戰的獵鬼小組呢。」

「嗯，原來是這樣……」

「H，你在問東問西幹嘛啦。」狼人T用拳頭捶了一下少年H的肩膀，「吸血鬼女在這裡等我們也正常啊，戰力要合而為一，才有力道啊。」

「嗯沒錯。」少年H點了點頭，才要說話……忽然，背後的馬面悠悠地蹭到了前面。然後，他睜大眼睛，看著吸血鬼女。

「妳記得我嗎？吸血鬼女……」

「你不是馬面嗎？」吸血鬼女皺眉。「牛頭馬面，地獄列車上的兩大鬼吏，專司押解地獄罪犯，有什麼好不認識的？」

「馬面，只是我表面的名字而已……」

「咦?」

「我真正的名字,是地獄中最飄撇的男子,」馬面笑。「鬼卒界金城武。」

「啊?」吸血鬼女眉毛聳起,無法控制的,右手的吸血鬼之爪,微微從指尖透了出來。

馬面這人講話的方式,怎麼給人一種想殺人的衝動啊。

「我超帥,不只超帥,我劍眉入鬢,英姿颯爽,笑容可掬,人見人愛。」馬面繼續笑著,還不忘撥弄著他飄揚的鬃毛。「地獄之中,我說自己第二帥,沒人敢說第一,包括——」

「你,到底想說什麼?」吸血鬼女聲音越來越冷。

「對啊你這個臭馬面,你到底想說什麼?」狼人T此刻也受不了了,就要出手,但他的手,卻被少年H一手撈住。

狼人T訝然回頭,卻見少年H默默地搖了搖頭。

「我馬面要說的事情啊……」馬面帶著惡作劇般的微笑著。「就是,我是地獄第一帥,甚至帥過……黑榜上至尊牌之一的闇黑鑽石A,撒旦啊。」

甚至帥過鑽石A,撒旦?

「嗯……」吸血鬼女呼吸,微微改變了,她緩緩地吸了一口氣,再緩緩吐出。「那又怎麼樣?」

「人家總說,撒旦是一個留著馬尾,俊帥到雌雄莫辨的傢伙,但我覺得,他是因為沒有遇見我。」馬面得意的嘿嘿笑著,「先別說的,他的馬尾,就肯定比不上我的這頭鬃毛。」

「你的……鬃毛?」吸血鬼女右手手背上的青筋,正因為用力而浮現,無法掩飾的殺意,正要滿溢而出。「你拿你的，鬃毛，和他的馬尾，相比？」

「當然啊，我可是每天晚上用嬌生牌馬油保養我的鬃毛呢，雖然有時候會不小心沾到一些有的沒有的，像是上大號甩太用力會沾到一點點……但我可是對自己的鬃毛相當有信心！更何況，我得意的不只是鬃毛……」

「還有，什麼？」吸血鬼女拳上的青筋，已經極為明顯。

「這還用猜嗎，當然是我的臉啊。」馬面把臉湊近了吸血鬼女，那像是被夾子夾住了頭的兩邊，然後用力拉長的馬臉，就在吸血鬼女面前二十公分處。「妳不覺得我超帥的嗎？帥到……」

「帥到什麼……？」

「帥到撒旦那傢伙，」馬面的單邊嘴角，微微上揚了，「完全比不上嗎？」

帥到撒旦那傢伙，完全比不上嗎？

就在這瞬間，也就是這一瞬間，吸血鬼女的雙爪淬藍色的光芒，插向了馬面的臉。

吸血鬼女的爪太快，攻勢太猛，殺意太強，馬面也靠得太近，這樣的情況下，幾乎是不可能倖存……

馬面長長的臉，肯定會被吸血鬼女的爪子，穿成炭烤香腸。

但，有嗎？

沒有。

因為，另一個身手絕對不在吸血鬼女之下的人，出手了。

他速度乍看之下不快，但實際上卻快到連眨眼都跟不上，已經拉住馬面的馬鬃，用力往後拖去。

這一拖，頓時讓馬面只感覺到鼻尖傳來沁沁的涼意，但，毫髮無傷。

完全的毫髮無傷！

「太驕傲，」少年H優雅的放下馬面，凝視著吸血鬼女。「妳，驕傲到不像妳啊，吸血鬼女……或者，我該稱呼你為……」

「……」吸血鬼女傲然而立，臉色幽冷，但身體卻泛出淺淺白光。「稱呼我為啥呢？天師。」

「稱呼你為……」少年H鬆開了馬面的馬鬃，然後動了，這是他的全力衝刺，因為他知道，眼前的對手，絕對值得他用上全力。「鑽石A，撒旦啊！」

鑽石A，撒旦啊！

嚴格來說，這不是少年H與撒旦的第一次交手。

上次，是少年H還是魔佛H，身體膨脹著聖佛由聖轉魔的巨大靈氣，這樣的靈氣，強力的壓制了撒旦縱橫地獄的魔氣。

可是，壓制也只是壓制而已……就連魔佛H，屠殺了數十萬玩家的魔佛H都無法讓撒旦完全敗北。

如今，少年H已經脫下魔佛的深黑袈裟，回到他原本的樣子。

他，還是撒旦的對手嗎？

而這擁有十三節車廂長度的地獄列車，竟然在不到一半的第八節車廂，就碰上了整件事的幕後主使者，會不會太快了？

「原本，想陪你們走一段路，然後找個不錯的機會，讓你們死得開心一點的。」此刻，吸血鬼女一抖金色長髮，金髮慢慢轉黑，這黑閃爍著柔細且優雅的光芒，竟比金髮還美上了幾分。

柔細黑髮在空中輕柔盤繞了一圈，絲絲長髮如孔雀收屏，收成了一朵慵懶隨意，但卻依然迷人的馬尾。

若你只注意馬尾，那就可惜了，因為當白光消散，吸血鬼女那冷豔冰霜的面孔，五官曲線變得更加柔和，眼神變得更機靈深邃，尤其他的笑容，透著一股邪氣與自信。

這張面孔，這副神情，這驕傲的姿態，會讓人目光捨不得離開，不願錯過他臉上任何一絲可能出現的表情變化。

他，就是撒旦。

美豔且英挺，秀氣且狂妄，邪惡卻有溫柔，黑榜上Ace排行第三的純黑鑽石，撒旦。

「吼。」少年H速度快到嚇人，比眨眼更快的速度下，他的雙掌已經到了。

亮紅，太極，雙掌，百分之百的全力。

砰。

聲音很低，卻很沉，沉到足以震倒萬丈高樓，沉到足以掏空千年大湖，沉到任何妖魔小丑都該在此雙掌下化成飛灰。

但，撒旦是一般神魔嗎？不，他不是。

在少年H沉狂無匹的雙掌下，他竟然舉重若輕，身體往後輕飄飄的飛去，邊飛，臉上還露出淺淺邪笑。

「這就是摧毀女神本命白月的火太極之掌嗎？不錯呦。」撒旦那美麗精緻的臉，笑著。

「只是沒有真正打中我，又有何用？我可是會閃躲的呦。」

「會閃躲嗎？」少年H淡然一笑，「別忘了，我還有夥伴呢。」

因為，當撒旦飛退到了車廂中央，他突然感覺到雙臂一緊。

竟被一雙更粗壯、更堅硬的雙臂緊緊抱住。

誰能有這麼強壯如鐵的雙臂？又有誰能在自己少了份防備下抱住自己？又有誰展現和少年H這麼間不容髮的默契？誰能！

撒旦瞬間明白，隨即他帶著微怒的表情，笑了。

「狼人T，是你？」

「沒錯！」狼人T爽朗粗豪的笑聲從撒旦身後傳來，「正是老子啊！」

「你以為你這一對手臂困著我？」撒旦語氣如冰，殺氣陡然膨脹。

「當然可以。」狼人大笑之間，「畢竟，老子可是用了西兒心臟好多年的正主兒啊。」

西兒心臟？

所以狼人T所講的事情，難道是……撒旦眼睛睜大，他見到了眼前這對粗壯的狼人T手臂上，原本濃密的棕黑色毫毛，顏色開始淡化。

越淡，越讓撒旦眉頭微微皺起。

因為他知道毛色轉淡的真正含意……

「白狼化！」狼人T狂笑，雙臂如鐵箍，猛力箍住了撒旦的身軀，若是一般小神魔，身軀早就被這對雙臂攔腰箍斷，斷成兩截了。「很熟悉嗎？這和你打開夢幻之門的力量，可是同源同種啊！」

同樣來自西兒心臟的浩瀚靈氣，完全限制了撒旦的行動。

限制，只有一秒，就已足夠。

因為那一掌已經來了。

全力一擊。

少年H每場戰鬥看似輕鬆，其實是因為他詳細評估每場戰鬥的進退攻防，也因為這份來自天性的悠閒，讓他習得了以柔克剛的太極拳術，也讓他極少，極少真正在戰鬥中，用上這四個字，「全力一擊」。

但這一刻，少年H真的用上了。

沒有任何保留，沒有任何猶豫，沒有留下一絲靈氣在體內，全部，完完整整的，透過右手五根手指，印上了撒旦的胸口。

這幾年來，戰過無數黑榜群妖，戰過各大宗教主神，死過，生過，敗過，也一次又一次回來過，少年H的全力一擊，威力真的已經接近了黑榜大A的等級。

撒旦的眼睛睜大。

看著自己的胸口，還有已經陷入胸口的那一掌。

「好樣的。」撒旦慢慢的，慢慢吐出了一口氣，「原來，你們已經到這種程度了啊？」

「喔。」少年H的手仍在撒旦胸口。

他眼睛微眯，他看見撒旦的嘴角，慢慢的，慢慢的淌下一絲血。

傷到撒旦了？

但，也只是傷到撒旦而已嗎？

「快！狼人T，退啊！」少年H突然大吼，左手掌也跟著拍出，這一拍，目的卻不是繼續對撒旦加傷，而是為了……讓狼人T有足夠的時間將雙臂放開。

左手貫入的靈氣，化成兩條洶湧河流，將狼人T的雙臂震離了撒旦身軀，而狼人T更趁勢加速放開雙臂，同時間，他舉起了右腳，狠狠地朝撒旦的肩膀，由上往下踹了下去。

這一踹，也不是為了繼續對撒旦積傷，而是反過來替少年H爭取抽出雙掌的時間。

狼人T的右腳一下，撒旦身軀往下，少年H雙掌抽出。

零點零零二秒的時間，兩個人同時脫離撒旦身軀，完美的契合，完美的合作，完美得像是兩人從未分開過，自始至終都是並肩作戰著……

兩人抽離了撒旦的攻擊範圍，而受傷的撒旦呢？

他目光瞬間轉黑。

那是深黑到，一切光都不存在，讓人感到無限絕望，時間彷彿擁無止境綿延的一種極致之黑。

墨黑的雙眼中，一股濃濁的黑暗，像是海浪般，瞬間席捲了整座車廂。

完全的黑暗，讓少年H與狼人T等人什麼都看不到了。

「這是什麼？」狼人T發現，不只是視覺而已，連他最得意的嗅覺，也都消失了。

「撒旦生氣了……」少年H的聲音，從黑暗中傳來，奇怪的是，不管多危急的狀況，只要聽到少年H的聲音，總能讓人安心下來。

「生氣，幹嘛生氣？」狼人T感受到少年H獨有的輕鬆語調，「因為我們打傷他了？」

「可能喔，他想將我們就地正法吧。」

「哎啊，」狼人T搔了搔頭，「我還沒把拳頭埋進他的帥臉裡，就要被就地正法啦？」

「嗯。」少年H微微瞇起眼，「恐怕是，因為我猜撒旦認知我們會對他的計畫造成嚴重影響，不只是生氣，甚至是……打出本命了。」

「本命？」狼人T大嚷著，「你說濕婆的爆裂火山、女神的白月、聖佛的巨日、魔佛的黑洞，撒旦這麼快就要出本命了？」

「嗯。」

「不過，H啊，如果撒旦要直接打出本命，你的態度也未免太悠哉了吧。」狼人T說，「現在不是應該趕快集氣，準備要放出超強絕招，看能不能度過這一擊啊，你還在陪我聊天幹嘛？」

「嗯，悠哉嗎？倒也不是。」少年H微笑，「我想，是因為我還有所期待吧。」

「期待……？」

狼人T的問題還沒得到解答，眼前的黑，突然改變了。

是什麼東西來了？

巨大，炙熱，華麗，狂暴，讓人迷戀，讓人追隨，卻又能將人徹底吞食的某東西，正從車廂的另外一頭，滾滾而來。

它不暗，它的亮度，甚至足以瞬間照亮整個車廂。

當它的亮度，將眼前的黑暗完全打開之時，狼人T忍不住放聲大叫起來……

「太誇張了吧，這東西怎麼可能塞進這輛列車裡面？」狼人T大吼著，「這是一枚每七十六年，才會繞行太陽系一周，被人們喻為惡魔象徵的……彗星欸！」

彗星！

這一刻，所有人，包括少年H、狼人T，以及一路跌撞，卻始終黏緊緊的馬面，全部睜大了雙眼，目睹著這枚彗星，塞滿了整座車廂，發著燦爛絢麗的七彩光芒，朝自己直衝而來！

彗星，是環繞著太陽，有如小型行星般的星體。

主要以細碎冰塊構成，當其軌道靠近太陽時，其碎冰會被加熱而釋放出氣體，這氣體在太陽映照下，會呈現絢麗燦爛的色彩，並順著彗星的軌道拖出長長的尾巴……科學家並將其命為「彗髮」。

彗星的美麗，就在它的慧髮，劃過夜空時，所呈現的樣貌。反映出炙熱太陽的赤紅、閃爍其中的亮黃、優雅的碧綠色，還有最迷人的，有如淚珠般的碎冰藍。

彗星的每次降臨，因為其美麗與神祕的姿態，都會引發人們仰望天空的驚嘆，更在史冊上留下一筆又一筆的紀錄。

不過，也因為夜空裡彗髮的神祕色彩，引發了人們奇異的想像，以及打從心底對未知事物的恐懼。

故，也有人將彗星稱作「災難之星」，彗星劃過天際時，數年內必定發生大禍，或是數十萬人的傳染病發生，或是兩國駁火戰場上屍橫遍野，甚至是一個個巨大的神祕古國突然從歷史上消失，唯一留下的紀錄，便是在滅亡前幾晚，人們抬起頭，看見了那枚劃過天際，美麗到讓人心靈顫動的……拖著長長彗髮的彗星。

華麗，神祕，充滿力量，又彷彿是不祥徵兆的本命，果然不愧是鎮守遊戲的最後一張鑽石 Ace。

撒旦。

只是，彗星縱然燦爛美麗，在夜空中欣賞頗為舒爽，但若是和「它」同在一節車廂，而它正朝自己滾滾而來，所經之處，椅子瞬間消融，地板牆壁凹陷破爛，那就一點都不舒爽了。

「撒旦的本命是彗星？」狼人T眼睛大睜，「這麼快就出本命？是怎樣？這麼生氣？」

「也許除了生氣。」少年H語氣依然沉著，「還有別的原因。」

「什麼原因？」

「他趕時間。」

「欸？」狼人T眉毛跳了兩下。「這是什麼鬼原因？」

「如果真的趕時間，那我們才有求生的機會。」少年H雙目緊盯著滾滾而來，氣勢萬千的華麗彗星。「當然，還有那份『期待』是真的存在。」

「趕時間？期待？」狼人T嚷著，「H，你在說什麼，又越來越聽不懂了，因為頭髮掉光所以講話越來越玄了嗎？」

「……」少年H淡淡微笑，沒有回答。

而下一秒，彗星降臨。

足以穿透一切的炙熱光線，能輕易打穿鋼鐵的碎冰雨，還有讓人如癡如醉的美麗彗尾，將一切，全部都吞噬了。

彗星吞噬了一切之後，十秒後，一個聲音傳來，是狼人T的聲音。

「我死了嗎？」狼人T感覺到自己飄浮在空中。

「如果死，你覺得你可以這樣講話嗎？」一個聲音，從狼人T的一側傳來。

「我應該是不行，因為我不只身體和嘴巴都也會化成灰燼，這樣一定沒辦法講話了。」狼人T想通了，但隨即又一個新問題浮現。「不過，我為什麼沒死？」

「沒死的原因，當然是因為我。」那聲音回答，「還有，H這傢伙，猜到我的出現，和我配合得完美無缺。」

「你也稱他為H啊？」狼人T歪著頭想了一下，「仔細想想，你的聲音還滿耳熟的耶。」

「我的聲音耳熟？」那聲音大笑起來，笑聲爽朗中帶著女性聲線的悅耳清脆。「T，你這蠢蛋，現在還聽不出我的聲音嗎？」

「T？你也叫我T？還叫我蠢蛋……等等，妳不就是，妳不就是……」狼人T眼睛睜大，然後他看著周圍，讓他飄浮的，是一片柔和的黃色光芒。

這柔和的黃光，是地球萬物每日都能享受到，看似平凡，事實上卻是極度珍貴的……日光。

日光成蛹，就這樣把狼人T溫柔的裹覆其中。

「我啊，」那聲音的主人，在蛹外輕輕笑著，「就是被撒旦這混帳冒充的正主啊。」

被撒旦冒充的正主？

於是，日光蛹裂開，狼人T從蛹中墜落地板。

他看見了她。

一個數分鐘前才看見，現在又再次看見，熟悉又陌生的金髮女子微笑。

「吸血鬼女！」狼人T大叫。「這次真的是妳！」

「這次，」吸血鬼女微笑著，「肯定是我。」

車廂內，此刻，已然滿目瘡痍，撒旦本命彗星肆虐之後，所有可以被稱作「物體」的物品都已消融殆盡，也虧得這車廂擁有堪稱地獄最堅強的千層咒語，方才不會因為彗星的威力而整個炸裂。

在這片廢墟中，一個身穿合身黑衣，美麗到雌雄莫辨的身影出現。

他很俊，很美，連普通的講話，都是這樣的賞心悅目。

「日光蛹？這就是連正義之神瑪特也無可奈何的招數嗎？」

「正是。」吸血鬼女回答，她講話語氣雖然輕鬆，但身體內部靈力凝聚，正是百分之百的備戰狀態。

「好美的一招啊。」撒旦微笑。「日光，吸血鬼族的永恆詛咒，要破解此詛咒，也只有與日光同化，以蛹化身其中，方能享受日光之美……與日光同化，雖無絲毫攻擊性，卻也造就終極防禦，難怪能躲掉我的彗星。」

「撒旦果然是識貨人，你懂。」吸血鬼女微笑。

「我懂，我當然懂，彗星的彗髮之所以美，也是拜了日光之賜。」撒旦單邊嘴角揚起，好迷人的邪氣啊。「所以我懂日光，請記住，下一擊，我就會取下你們性命。」

下一擊，我就會取下你們性命。

只見撒旦的馬尾輕輕飄揚，而他的背後，那枚巨大，燦爛，炫目，威力萬鈞的彗星，又緩緩地從地平面上升起。

「怎麼辦？」狼人T湊到了少年H旁邊，「我覺得撒旦說的是真的欸，H，你還有招嗎？」

「我還有招嗎？」少年H昂然而立，眼前不斷拂來的彗星炙熱之風，而他的周圍，是金髮飄揚的吸血鬼女、壯碩威武的狼人T，以及，躲在身後，始終殺不死的馬面。

「是啊，還有嗎？」

「只剩一招。」

「什麼招？」

「剛說過，」少年H一笑，「趕時間啊。」

「趕……趕時間……算什麼招？」狼人T眼睛大睜。

「這一招，可是我們最後的生路囉。」少年H一笑之間，撒旦背後的彗星就要君臨天下毀滅一切之間……

就在這一瞬間……

一件事，發生了。

嘟，嘟，嘟……

被彗星炸到完全爛成一團的車廂中，竟然傳來，一陣又一陣嘟嘟嘟的聲音。

電話聲？

破爛的車廂怎麼還有電話？而且又是誰打的電話？又要打給誰的電話？

撒旦微微皺眉，手一揮，破爛的車廂地板上，飛出了一個破爛不堪，搞不清楚到底是什麼的爛東西。

撒旦右手接住，對著無法分辨到底是什麼東西的東西，說了一句。

「喂。」

然後，撒旦的眉頭，皺得更深了。

「車頭又鬧起來了嗎？」撒旦語氣透露著罕見的殺氣，「還真是棘手啊，這一個傢伙。」

這一個傢伙？又鬧起來了？

「看樣子。」撒旦右手一抓，手上那破爛到不知道什麼東西的東西，瞬間碎成粉末，這次，真的不知道是什麼了。「我得親自回車頭一趟了。」

「不送。」少年H微笑，「如果你『趕時間』的話。」

「如果我趕時間的話……」撒旦看著少年H，他的邪笑，在這一刻充滿了和剛剛一樣的殺氣。「好樣的，少年H，你和他，果然很像啊。」

「和誰呢？」

「那個在車頭鬧事，逼得我不得不回去的傢伙啊。」撒旦越是笑，殺氣越是重，卻依然維持著他的尊貴與帥氣。「……阿，努，比，斯！」

阿努比斯！

果然還是阿努比斯！

「撒旦，撐著點啊。」少年H依然微笑著，「別等到我們打到了車頭，你卻被打敗了呢。」

「嘿。」撒旦嘿一聲，轉身，握住了門把，門後，是一片幽深的黑暗。「真的很像啊你們兩個，能將你們兩個一起在這輛列車上宰殺，還真過癮呢。」

說完，撒旦踏入了黑暗，就算離開，依然維持著他的帥氣與瀟灑，離開了這第八車廂。

第八節車廂內，如今只剩下四個人，一大片已經完全被摧毀的車廂，還有餘悸猶存的沉默。

最後，打破沉默的人，是狼人T。

「欸，H，你怎麼知道……」狼人T看著少年H，「撒旦趕時間？」

「我猜的。」

「猜的？」

「就算女神靈力不足兩成，就算撒旦為了此場戰役準備了百年之久，就算撒旦取得了絕對的優勢，我也從來不認為，我所認識的阿努比斯會束手就擒。」少年H臉上露出了淺淺的微笑。「撒旦敢離開車頭來到這裡，就必須面對阿努比斯在車頭的鬧場，而我所做的事情，只是拖過這時間而已……」

「啊，難怪你會說……最後一招是『趕時間』？」

「正確來說，最後一招是，」少年H慢慢說著，「讓撒旦趕時間的阿努比斯啊。」

撒旦退去，第八節車廂清空。

接下來，就輪到第七節車廂了，第七節車廂，獵鬼小組們，又會遇到什麼神鬼怪物擋路呢？

第十二章　日本妖怪車廂

第八節車廂尾端，如今還有四人，少年H、吸血鬼女、狼人T，以及不知道為何，但至今仍倖存的鬼卒界金城武，馬面。

「狼人T，敘舊就免了吧。」吸血鬼女看了狼人T一眼，「我們再來討論第七節車廂的攻略吧。」

這句敘舊就免了吧，讓狼人T和少年H互看一眼，笑了。

「有什麼好笑？」

「對對對，敘舊就免了吧，這句話才像吸血鬼女會說的。」狼人T咧嘴笑著，「剛剛那個還來關心我心臟在不在的傢伙，的確不是妳。」

「T，你的意思是，我很冷酷嗎？」

「嘿嘿，我可沒這麼說。」

「沒關係，我就當讚美收下了。」吸血鬼女冷豔面容一笑，「接下來，我們來討論如何攻略第七節車廂。」

「請說。」少年H微笑。

「第七節車廂在以前，是所謂的日本鬼車廂。」吸血鬼女的目光移向了少年H。「而當年這一節車廂的攻略者，正是少年H，不是嗎？」

「是的，是我。」少年H點頭。

「如果我沒記錯，當年日本鬼之中有貞子、鬼來電、躲在廁所哭泣的花子，最後的王則是陰陽師……安倍晴明，是嗎？」吸血鬼女沉吟。

「不愧是情報之王吸血鬼女，一點都沒有錯。」

「這不算情報，充其量只能說是資料收集而已。」吸血鬼女搖頭，「要知道這些角色其實大多來自恐怖電影，但這幾年來，日本恐怖電影已經式微了，先有泰國鬼片娜娜與其爭鋒，後有韓國鬼片以整節車廂的失速殭屍伺候，甚至美國傳統鬼片以中邪和神父對決的法師系列，都搶回了市場……日本鬼，這幾年，還真的不太行了。」

「妳的意思是，我們會在第七節內遇到泰國鬼、韓國鬼，或是美國鬼嗎？」少年H眨了眨眼。「說實在的，和安倍下棋還挺有趣的，但如果是要對這些形形色色的各國鬼，我們唯一的解法，可能就是一路打過去。」

「一路打過去，對我們而言反而簡單。」吸血鬼女搖了搖頭，「我就怕不是這樣……」

「那會是……」

「我怕迎接我們的對手，仍是來自日本，但，他們已經完全不同了。」

「完全不同的意思是……」

「不是貞子，不是花子，更不是鬼來電，而是另一種日本知名的生態系統了。」

「吸血鬼女，妳的意思究竟是？」狼人T皺眉。「我怎麼一直聽不懂啊，妳可以用一些人類的語言嗎？」

「我的意思是……」吸血鬼女按住了第七節車廂的門，然後用力一推。「你親眼看看，就會知道答案究竟是什麼了。」

然後，狼人T將門用力一推，門後的景象，果然讓他嘴巴大張，完全說不出話來。

因為，那已經不是嚇人的群鬼了。

首先映入眼簾的，是一個擁有著柔軟大肚子的藍色怪獸，正躺在地上呼呼大睡。

藍色怪獸旁邊，是一隻背上長著小翅膀，身上揹著郵差袋，看似可愛但卻充滿了危險氣息的黃色龍。

而龍的腳邊，有一隻張著嘴巴不斷喘氣，彈跳彈跳，跳得讓人眼花撩亂的紅色魚。

魚的旁邊，還有一隻戴著墨鏡，看起來頗有流氓類型帥氣的小烏龜。

小烏龜上方，則有一個飄浮在空中的紫色球體，球體上有好笑的怪臉，球體上有著不斷噴出類似瓦斯的氣體，因為推測氣體可能很臭，所以沒有任何一隻怪獸想要靠近牠。

映入狼人T眼中的第七節車廂，的的確確，已經沒有當年日本鬼車廂，貞子、花子等惡鬼所散發出來的陰森氣息，這車廂可愛迷人，但狼人T卻有一種說不上來的感覺……

「吸血鬼女，我覺得妳說得沒錯，」狼人T吞了一下口水。「這車廂和以前不同了，沒那麼可怕了，但是……」

「但是什麼……」

「卻危險多了。」

「危險，沒錯。」吸血鬼女臉上浮現一絲苦笑。「我也是這樣想，車廂沒有了鬼，卻多了這些可愛的怪獸，反而更危險，而且現在，我需要仰賴你野獸的直覺……」

「我野獸的直覺？」

「要攻破一個車廂，首要找到他們的老大，有如抓蛇打七寸，狼人T，你覺得，這車廂的老大是誰……」

「這車廂的老大，是誰？」狼人T再次專注的看向前方，那躺在地上的藍色胖怪獸肯定很強，他的強應該來自他皮下肥厚的脂肪，肯定能吸收大多數的物理和靈力攻擊……但直覺告訴狼人T，車廂的王，不會是牠。

會是那隻黃色揹著郵差袋的龍嗎？

這隻龍外型真的頗討喜，更讓人好奇牠郵差袋裡面到底裝了什麼信，會是邀請函嗎？究竟要邀請誰，要去哪呢？

但外型可愛歸可愛，可是一股強烈直覺告訴狼人T，這隻龍比那隻躺在地上的藍色胖獸更危險，牠那隱藏在肉肉雙掌的龍爪，恐怕銳利到足以切斷鋼鐵。

可是，可怕歸可怕，這隻黃色龍會是車廂之王嗎？

狼人T再次搖了搖頭，野獸的本能告訴狼人T，這隻龍也不是，包括飄浮在空的紫色瓦斯球，戴墨鏡的小烏龜，背上扛著一朵花的大蟾蜍，甚至是站在最後，帥到像是外星生物的白紫色傢伙，都不是，牠們都不會是王……

王，是誰？

王，又在哪？

王，會在車廂的哪一個位置？

終於，狼人T的目光停住了。

他的目光中透漏著一絲詫異，卻有了更多的肯定，他知道，這一隻怪獸，才會是這車廂唯一的王。

就算，牠實在很不像統御這些怪物的王。

牠是一隻黃色的老鼠，亮黃色無害的膚色、尖尖可愛的小耳朵，還有那雙大得迷人的眼睛，最後，是那個發出滋滋電訊的紅噗噗雙頰。

這一隻黃色老鼠，可愛到爆炸的黃老鼠，絕對，才是這車廂的王！

當狼人T的目光終於停住，所有人的目光也追隨著他，停了下來。

先開口的，是少年H，他微笑道：「好像，真的是牠。」

「但如果以牠這樣的模樣，能號令統治整個車廂的怪物，那情形，恐怕非常棘手。」吸血鬼女接著說。

「一旦牠下令攻擊，這些可愛迷人的怪物同時朝我們衝來，威力一定很嚇人喔。」馬面舌頭發出嘖嘖的聲音，表情上分不出是害怕，還是幸災樂禍。「裝可愛的黃色老鼠，到底多危險呢？」

「下令攻擊？不要說這麼，你這個烏鴉……」狼人T狠瞪了馬面一眼，正要叫他住嘴。

但，這隻黃色老鼠，卻已經跳了起來。

圓滾滾的身軀，在空中轉了一圈，同時身上散發出來的電氣，也在這圈轉動之中，將自己轉成了一團電球。

電球形成，所有的怪獸同時動了，彷彿只差一個指令。

那個指令一下，所有的怪物都將從討喜的模樣中徹底解放，轉化成牠們真正凶暴危險的本質。

「我收回這句話，呸呸呸，牠絕對不會說出『攻擊』兩個字啦，除非……」馬面搔搔頭，「指令不是用說的，而是一個動作？」

「馬面！閉上你的嘴！」狼人T正吼到一半，突然，他感覺到背後竄出凜冽電光。

電光來源，正是那隻黃色老鼠，牠高高躍起，雙頰電力滿點，發出讓人耳膜震動的可愛大叫。

「皮卡丘！十萬伏特！」

第七節車廂的戰役，對少年H等人而言，也許，不是最艱困的，但卻堪稱是最猛烈的。

因為這是第一次，所有人都被逼到了角落。

藍色胖獸在「皮卡丘」的叫聲中，猛然起身，打了一個哈欠，肥胖壯碩身軀像是失去了重力般高高飄起，然後精準的，毫無滯怠的，落在狼人T的身上。

狼人T這身在荒野中修煉而來的敏捷動作，竟沒躲過這一壓，轟的一聲，被藍色胖獸壓住，嘎嘎幾聲，狼人T已經陷落火車地板，甚至陷出了一個人形。

「媽的，這是什麼鬼怪物？能把老子壓成這樣，你的重量，至少上千噸，不，媽的，你是一顆小行星嗎？怎麼會重成這樣？」狼人T動彈不得，發出大喊，「等等，還有更不合理的，是這傢伙重成這樣，這輛火車還能繼續走？地獄科技真是太扯啦。」

狼人T大喊之際，同時間他發現一旁的夥伴，也好不到哪去……

一旁是吸血鬼女，在皮卡丘的電光亂竄中，她看見一個影子，快到比眨眼更快，已經籠罩住自己。

吸血鬼女皺眉，因為她看見了那只郵差袋，還有那從吸血鬼女兩側襲來，角度華麗卻殘暴的，雙爪。

「龍爪？」吸血鬼女驚險之間，緊急拉開雙翅，這對吸血鬼族中僅次於雙牙的武器，化成兩盞盾牌，一左一右，撐住了此龍的雙爪。

但令吸血鬼女驚悚的，卻在後頭。

雙翅，竟然只微微撐了半秒，就這樣被龍爪撕開。

「撕開了？」疼痛中，吸血鬼女難掩驚駭，這對雙翅可是曾經斬下上百顆複製羅賓漢J的頭顱啊，就這樣被撕破？

而且，龍爪餘勢未盡，眼看就要一左一右削中吸血鬼女的雙頰。

若是龍爪真的削中了吸血鬼女的臉頰，不只毀容，就怕會將她直接送回老家。

「想讓我回老家？」吸血鬼女不怒反笑，嘴張開，吸血鬼族之所以能以如此稀少人數，卻立足於地獄四大種族而不墜的最終武器，在此亮出。

牙，淬藍色，有如深夜琉璃的，吸血鬼之牙。

牙現，雖細小卻夾帶滅天毀地之威，信差龍雙爪，就這樣停在吸血鬼女臉頰兩側一公分處，再也無法動彈。

「你以為就這樣嗎？可不只喔。」吸血鬼女甜笑，甜笑之後，龍爪咔咔兩聲，竟出現了細微的裂痕。

「你就乖乖的退……」就在吸血鬼女以為此龍終於要被擊退之際，卻看見眼前的信差龍搖擺著牠大大的可愛頭顱，然後嘴巴突然打開了。

嘴巴打開不打緊，吐出的卻不只是口水而已，而是一道刺眼且猛烈的白色光束，以極近的距離，朝吸血鬼女猛噴而來。

「破壞死光？」死光距離近到，吸血鬼女甚至動了放棄抵抗的念頭。「這隻龍到底是什麼來頭？怎麼會這種招數？」

然後，白光盡情吞噬了吸血鬼女的身影。

同時間，就在狼人T被藍色巨獸壓到陷落地板，吸血鬼女和信差龍纏鬥困入險境……車廂內，馬面又再次開始奔跑了。

帥氣的長髮，喔不，是馬鬃，隨風飄揚，在車廂上下左右前後，邁開步伐的逃跑著。

追他的，是各式各樣的怪，戴墨鏡的小烏龜，背上有著花的大蟾蜍，全身冒瓦斯的紫色球等……

「我，身為鬼卒界的金城武。」馬面一邊跑，臉上依然掛著陽光燦爛的微笑，「可以輸，但不可以不帥喔。」

於是，他繼續跑著，甚至跑過了一個動也不動的人身邊。

這個動也不動的人，身形精瘦如少年，頭頂曾有長髮卻已梳盡，他正凝視著前方。

前方那隻外型酷似外星人的怪物，這怪物，散發的壓力，甚至是藍色胖獸、黃色信差龍的數十倍。

「你是傳說級的，是嗎？」少年H雙手慢慢打開，左腳在前，右腳在後，擺出了武者邀戰的姿態。「讓我來，會一會你吧。」

那外星人般的怪物，嘴角，只是淡淡的，淡淡的揚起。

然後，動了。

一場強者對強者，勢均力敵硬撼勢均力敵的戰役，即將開演。

戰鬥，在混亂中開始，卻在平靜中結束。

因為，這群奇異的怪物雖然擁有極為驚人的戰力，卻不會是少年H等人的對手。

反擊的號角，在第一輪攻擊之後，馬上就響起了。

原本緊壓著狼人T的藍色胖獸，身體透過其奇異的力量，已經提升到百分之一月球的重量，如今，竟被慢慢的，慢慢的抬了起來。

是誰，擁有舉起百分之一月球重量的實力？

當然，就是那個被壓在地板下的苦主。

只見肥大的藍色胖獸被慢慢抬了起來，露出下面齜牙咧嘴，青筋暴露的狼人T，然後他發出大吼。

「不管你叫什麼?給我滾開啊！」狼人T雙手用力一撐，將壓在他身上的這頭藍色胖獸，硬生生推了出去。

藍色胖獸在空中滾了一圈，還不忘打了一個大哈欠。

藍色胖獸在空中滾著，帶著牠百分之一的月球重量，最後降落在下一組對手的戰局之中。

在信差龍破壞死光的炸裂之下，吸血鬼女卻是毫髮無傷，「抱歉這一招，讓我逆轉了不少比我還強的對手，叫做『日光蛹』。」

日光蛹讓吸血鬼女身體與日光波長同步，進入了一個既不能傷害別人，也不會被傷害的狀態，既然不會被傷害，破壞死光自然如同手電筒般，除了照耀車廂，沒有半點其他用途。

當破壞死光過去，吸血鬼女恢復本體，手上的爪倏然伸出，就要反擊信差龍，而信差龍的龍爪也相應反擊。

噌噌噌噌噌噌，黃色信差龍和吸血鬼女的雙爪猛力揮舞，此刻，他們都是以鋒利武器想要切斷對方咽喉的狠角色。

除了龍爪，吸血鬼之爪，從中還混雜了更致命的武器，龍之鋼鐵翼，吸血鬼女撕裂但仍鋒利的雙翅、炸裂的破壞死光、吸血鬼之牙、日光蝙等……以快打快，以猛打猛，一龍一人鬥得是旗鼓相當，正是極度危險卻也無法擊破的僵局。

當沉重的卡比落到兩人之間，瞬間將這僵局創造了一個細微的變因，平衡被破壞的瞬間，吸血鬼女一笑，信差之龍眼中也露出殺意，雙方，都是微微一頓。

然後，雙方同時將手上最後一張王牌，最強的一擊，送了出去。

最強一擊，讓雙方往前錯身而過，並同時停住。

有如荒野中日本武士一對一的對決，跨步，拔刀，揮刀，一氣呵成沒有半絲滯怠，最後背對背的停住。

接著，等待一方自然跌落，勝負就已然分出。

時間，短暫的停滯。

吸血鬼女背後的信差龍黃色身影，緩緩的傾斜，傾斜……然後砰的一聲，倒下。

「你，的確是個角色，可惜我還是厲害一點喔。」吸血鬼女回頭，甜美的微笑，嘴邊的淬藍色吸血鬼之牙，映射著燦爛光芒。

這樣冷豔美女的甜笑，配上散發危險氣息的牙，真是迷人到令人想要讓她狠狠咬上一口啊。

吸血鬼女蹲下，有些憐愛的摸了摸躺在地上，外貌可愛但武力凶猛的信差龍，她溫柔地說：「可愛的龍，你叫什麼名字……」

只是，吸血鬼女的話還沒說完，她就感到身軀一震，不，是整個車廂都震動了一下。

她回頭，瞇起眼，看向了震動來源處。

那是一個少年，與一隻外型與人類接近，但又透漏著奇異如外星人般的個體，他們正安靜看著彼此。

只是安靜地看著彼此，怎麼會讓車廂震動？

又或者說，當他們安靜看著彼此的時刻，致命對決早已開始？

吸血鬼女何等聰明，隱隱猜出了這場戰鬥的模式，以及這樣戰鬥的風險……「比起狼人T如相撲般的模式，比起我如日本武士互砍的模式，少年H的戰鬥，應該稱作『超能力』型戰鬥嗎？」

吸血鬼女重重吐出一口氣，「以超能力對決，無聲無息，無色無味，你完全無法預料對方的攻擊時機，但若稍有閃失，又會肚破腸流，在超能力極度凶惡的攻擊下，化成一堆爛泥。」

「超能力的戰鬥，絕對，是所有戰鬥中，最危險的一種啊。」吸血鬼女咬著牙低語，「而如今，H，你究竟是贏是輸？」

H，你究竟是贏是輸？

目光，再次集中回到少年與外星人的身上，那讓這台銅牆鐵壁般地獄列車震動過去之後……

少年H和外星人同時動了，他們跨步往前，然後伸出手，認真地擁抱了一下。

這一下擁抱，像極了兩個勢均力敵的頂尖運動選手，在經過極限且精采的纏鬥之後，在分出勝負之後，情不自禁地給對方一個深深擁抱。

只有英雄，才惜英雄。

在擁抱之中，外星人那僵硬冷酷的臉，露出淺淺微笑，然後身軀開始放軟，滑落，最後單膝跪地，閉上眼，從此不動了。

少年H沒有說話，但動作已經說明了一切，無聲的超能激戰結束，雙方走過精采與驚險，如今少年H已是最後勝利者，如今，他將目光移向了第四位夥伴，嗯，夥伴？可以這樣稱呼嗎？

那位正在車廂中不斷逃竄的鬼卒界金城武，馬面。

不過他一邊逃，奇怪的事情也一邊正在發生……

原本追著馬面，那戴墨鏡的小烏龜，背上有著花的大蟾蜍，全身冒瓦斯的紫色球等，夯不啷噹十餘隻小怪物……跑著跑著，小怪物的數目卻不斷減少……

跑著跑著，又一個轉角，馬面像是被絆了一下，那隻全身冒煙的紫色球，就這樣忽然掉隊，在地上滾啊滾，撞到車廂牆壁，昏了過去。

一群怪物又繼續追著馬面，當追到車廂中央，馬面一跳，又是一陣奇異感覺襲來，啊，一隻張嘴巴時，下巴會整個掉下來的水藍色怪物，也砰然倒地，昏厥過去。

追到後來，小怪不斷掉隊，昏迷，失蹤，到最後，追逐馬面的隊伍，終於只剩下一隻了……

戴墨鏡的小烏龜。

也在此刻，馬面終於停止奔跑。

他回頭，微笑，撥了撥如絲綢般柔細分明的……馬鬃，對戴墨鏡的小烏龜說了：「就剩你，咱就不跑啦。」

「我？」戴墨鏡的小烏龜也停下腳步，看看左，又看看右，然後只能抬起頭，看著眼前帶著不懷好意笑容的馬面。

「是啊，結束。」馬面一撥帥氣鬃毛，然後手往地上一捶。

一陣煙塵過去，竟失去了墨鏡小烏龜的蹤影，地面上，只有一個正緩緩滾動的紅色小球。

「咦？烏龜呢？」馬面訝異抬頭，接著他發現，整個車廂都在發生一樣的事……

躺在地上的藍色胖獸、高速被擊敗的黃色郵差龍、神祕強大的傳說級外星人，或一隻一隻因為追逐馬面，而莫名跌倒昏迷的小怪物，都在煙塵之中，變成了一顆顆的紅色小球。

「這是……」少年H和狼人T看著周圍，露出同樣不解的神色。

唯獨吸血鬼女，身為獵鬼小組的情報頭目，她所知的，顯然比其他人多上一些。

只見吸血鬼女淺淺一笑，在這些紛飛的煙塵中，走向了這第七節車廂之主……黃色老鼠，皮卡丘。

「該告訴我們，接下來怎麼走了吧？」

皮卡丘，這隻可愛迷人的黃色老鼠沒有回應，只是睜著一雙警戒的大眼睛，瞪著吸血鬼女。

「你最強的戰友們，藍色胖獸、黃色信差龍、傳說級超夢、戴墨鏡的烏龜等……全部都被我們擊敗了。」吸血鬼女溫和且充滿自信地微笑著。「剩下你，是無法對我們如何的，不是嗎？」

「皮卡……丘……」皮卡丘似乎也了解現在的局勢，但可愛嘴巴兩端依然往下彎，其固執個性展露無遺。

「嗯，原來是這樣嗎？」吸血鬼女嘆了一口氣，她慢慢蹲下，蹲在皮卡丘之前……

看到吸血鬼女的動作，站在後面的狼人T忍不住低聲提醒：「吸血鬼女妳要揍皮卡丘嗎？要小心……」

「小心？」

「雖然我對這黃色老鼠的故事背景不熟悉，但牠真的很可愛，而且連我都知道牠在全世界擁有非常驚人的粉絲團，人數可能高達數億，妳這拳揍下去，一旦引發粉絲們的不滿……」狼人T咬著牙，「我們地獄系列可能會當場收工，被勒令直接完結喔。」

「這黃色老鼠很紅，我當然知道啊。」吸血鬼女淡淡微笑著，「就是因為這樣，皮卡丘，我才擁有了和你交換的情報……」

「皮卡丘？」皮卡丘歪著頭，似乎在思考著吸血鬼女所說的「情報」是為何事？

「我要說的是……」吸血鬼女把耳朵靠在皮卡丘尖尖的耳旁，輕輕說了一段話。

皮卡丘聽完，臉色微微改變了。

然後牠可愛的臉，出現罕見的複雜神情，那是歡喜、期待，又有些害怕，不知道下一步該怎麼做的神情。

「去吧。」吸血鬼女瞇著眼，輕聲說著，「『他』雖然長大了，但『他』也一直在等你呢。」

他也一直在等你呢。

聽到這句話，皮卡丘遲疑的神情瞬間有了光彩，牠往前急奔，沿路撿拾著地上的紅球，一枚一枚的放進了牠的背包中。

最後，當所有的球都已經撿拾完畢，皮卡丘揹著滿滿的背包時，牠回過頭，臉頰上的電光竄動。

「十萬伏特！」皮卡丘電力爆發，一道猛烈電光有如一把大刀，劈向第七節車廂的末端，轟然一聲，車門被炸開，門後更露出第六節車廂的模樣。

「謝謝。」吸血鬼女微笑。

「皮卡丘……」皮卡丘沒有多說，只是對吸血鬼女微微點頭，然後帶著裝載滿滿同伴的背包，往上一節車廂，也就是第八節車廂奔去。

皮卡丘離開，所有的怪物們也跟著離開……

第七節車廂，如今只剩下吸血鬼女、少年H等人。

「吸血鬼女，妳到底對牠說了什麼？」狼人T看著皮卡丘離開的背影。「妳所說的

『他』，到底是誰呢？」

「他啊，曾經是一個小男孩，也可以說是每個人都曾經是小孩……」吸血鬼女凝視著遠方，語氣悠長。「每一個喜愛皮卡丘的小孩，都曾夢像自己是世界第一的訓練師，帶著皮卡丘去世界各地旅行，尋找新的寶可夢怪物，探索新的世界，迎接新的冒險……」

聽著吸血鬼女如此說，狼人T與少年H不自覺地沉默了，彷彿，都沉浸到那小孩充滿冒險的神祕旅程中。

「但小男孩長大了，他開始考高中，考大學，戀愛，煩惱工作，討論結婚，買房子，有一天，他發現自己兩鬢有點白，原來已經四十歲了。」吸血鬼女淡淡地笑著，「但他也發現，他的心，始終還在等待……」

所有人，安靜地聽吸血鬼女訴說著，這每個小孩都曾有過的故事。

「等待，九歲時，自己所遇到的黃色老鼠，」吸血鬼女閉上眼，微笑著。「那隻陪著自己踏上旅程的夥伴。」

「……」

「而同樣的，皮卡丘也在等待著。」吸血鬼女輕輕地吸了一口氣。「等待有天，長大的小男孩，會重新拾起冒險的精神，將牠找回去。」

「那皮卡丘，有找到小男孩嗎？」

「應該會吧。」吸血鬼女笑了，陽光燦爛的笑著。「畢竟，我把位置告訴牠了啊。」

畢竟，我把位置告訴牠了。

聽到這句話，狼人T、少年H、馬面同時笑了。「啊，這就是，妳和皮卡丘說的事……」

「沒錯。」吸血鬼女也笑了，「希望每個小男孩，都能找回自己曾有的冒險家夢想啊，然後，我們也該前進了。」

「是啊，好像做了一件好事，感覺真爽快。」狼人T雙手握拳，二頭肌鼓脹。「吼啊，接下來我們就要去第六車廂了啊。」

「嗯，第六、第五、第四、第三在過去的紀錄中，」吸血鬼女說。「是好靈魂的車廂。」

「但是，這一次，裡面真的會是好靈魂嗎？」馬面湊上來，露出淺淺的笑。「撒旦會這麼輕易的放過我們嗎？」

「情報顯示，不知道。」吸血鬼女聳肩。

「那我們只能做一件事了。」狼人T笑。

「那就是，」少年H看著大家。

「一起闖過去吧。」四個人同時發聲，然後邁開腳步，四道堅毅的背影，義無反顧地往前衝去。

剩下六節車廂了。

女神，阿努比斯，撒旦，夢幻之門，地獄列車的終點，真的在眼前了啊。

第十三章　好靈魂車廂

第三、第四、第五，以及第六節車廂中的某處……

某雙眼睛，正藏身在車廂中，滿滿的良善靈魂之之中，那雙眼睛的主人，露出陰森的笑。

「咯咯咯咯，你們一定以為，這幾節車廂裡面會沒有良善靈魂，會像前幾節車廂一樣，只有整群的壞蛋……」那眼睛的主人咯咯笑著，「你們錯了喔，對你們這些自詡正義的人來說，真正棘手的狀況，不是一整群壞蛋，而是一整群好人之中，藏著一個邪惡的壞蛋啊。」

「少年H、吸血鬼女、狼人T啊，就看你們怎麼解決這困境吧，咯咯哈哈咯咯。」

此刻，吸血鬼女、少年H、狼人T，還有一個號稱鬼卒界金城武的馬面，他們正站在第六節車廂中，對眼前的畫面，感到一絲困惑。

從第十三節車廂暴走的牛頭開始，經歷了海洋中的魔物、泡麵裡的怪手、生物界的王噴火龍、持著球棒吼叫的棒球選手，甚至是滿車的精靈怪物……每一節車廂的場景，都不如此時的第六節車廂，讓他們這麼遲疑。

這車廂，真的是好平和的車廂。

看著報紙的老人，抱著嬰兒輕搖的年輕媽媽，穿著西裝像是要北上工作的年輕人，戴著棒球帽，臉上滿是興奮笑容的少年。

「怎麼辦，一點惡意的靈氣都感受不到耶。」狼人T轉頭，看向少年H。「這一節車廂，真的是良善靈魂車廂。」

「我也是相同的感覺。」少年H點了點頭。「這些靈魂，真的是好靈魂。」

「嗯。」吸血鬼女左顧右盼，想透過她最拿手的觀察力，尋找這第六節車廂的一絲破綻。包括，那抱著嬰兒的年輕媽媽眉宇之間，是否藏著一絲煞氣？看著報紙的老人，大腿上是否藏著一把狙擊用的短槍？西裝筆挺的年輕人，背上是否依附著長滿鱗片的陰獸？陽光開朗的棒球少年，會不會腳底下都沒有人的影子？

沒有破綻。

全部都沒有破綻。

吸血鬼女將直覺打開到極限，空氣中若有任何一絲殺氣與惡意，都不可能逃出她感應的狀況下，她的確，什麼都沒有感應到。

「這節車廂，沒有問題。」終於，吸血鬼女吐出了一口氣。「我們去下一節車廂吧。」

第五節車廂。

少年H等人輕易地穿過了第六節車廂，繼續往前推進到第五節車廂，這裡，依然是一片美好喜樂的景象。

抱小孩的年輕父母，拿著運動用具的陽光少年們，悠閒看向窗外吃著橘子的銀髮老人，還有穿著簡單帥氣，對未來充滿希望的年輕人，甚至多了一個拿吉他的長髮女孩。

「這光景，美好到我都想唱……『What a Wonderful World』了。」狼人T搖頭晃腦，和馬面兩人肩搭著肩，一起唱起這首經典美國老歌。

「看樣子，這車廂又是非常和平。」吸血鬼女看向了少年H，「H，你覺得呢？」

「結論一樣。」少年H點了點頭。「這車廂中，真的都是良善的靈魂。」

「那我們繼續往下走？」

「同意。」

於是，四人一前一後，穿過滿是幸福美滿氛圍的第五節車廂，進入了第四節車廂。

「第四節車廂，按照慣例，也是專門運載良善靈魂的車廂。」吸血鬼女握著第四節車廂的門把，回頭說道，「大家，準備好了嗎？」

「……」眾人點頭。「準備好了。」

第四節車廂的門，嘎的一聲打開，而這一次，映入他們眼簾的是……

「哎啊，又是一片和平。」馬面的嘴裡，忍不住哼起，What a Wonderful World……

抱著年輕嬰兒的年輕媽媽，臉上雖然疲憊但嘴角仍洋溢著幸福的笑，穿著POLO衫，眼中洋溢未來希望的年輕人，喝著茶吃著自備水果，度過大半人生已然滿足的老年人，還有在車上試穿直排輪鞋，興奮互相討論的少年，拿著直笛，留著長髮，美麗的音樂女子。

四人目光短暫交會後，決定邁步往前走去，穿過幸福和平的車廂乘客，直達車廂末端。

中間，那玩直排輪的小孩滑了一下，撞到狼人T，狼人T身體一顫，原本緊繃的神經差點反彈，做出攻擊動作。

但，那幾個小孩對狼人T用力鞠躬道歉之後，帶著開心的笑容跑回座位，又繼續討論接下來的直排輪比賽，彷彿一切都沒發生……

「他們真的是好孩子啊。」狼人T看著自己半伸的爪子，重重吐出一口氣。「幸好，剛剛有忍住沒有動手。」

「他們，真的是好靈魂，」吸血鬼女也如此說，她的翅膀，隨時是半開的，準備隨時迎接從走道兩側迸發而來的偷襲，但事實上，當她走到了車廂底，卻一次攻擊都沒有。

甚至，連半點惡意，都沒有感覺到。

當走到車廂底，她看向少年H，少年H走在隊伍之中的最末端，換句話說，他是殿後組，也就是四人小組之中最重要也最危險的位置。

少年H也沒有被攻擊，而他只是搖了搖頭。

沒有惡意。

這些的確是好靈魂。

「第三節車廂了，當年好靈魂的最末一節車廂。」狼人T的大手抓住了車廂門。「能夠這麼輕鬆的通過三、四、五、六節車廂，真的是太爽了。」

「我認為，這些車廂沒有魔神，只有好靈魂，這是存在合理解釋的……」吸血鬼女說。「列車十三節，每一節都有自己必須承載的對象，每節車廂都有自己的屬性，那是撒旦想改也無法改的。」

「我也是這樣想。」少年H點頭。「夢幻之門畢竟是地獄遊戲的最終一章，撒旦就算花了千年安排這場地獄列車戰，也無法改變其中的規則……」

「撒旦無法改變車廂的屬性？這麼說我就懂了啊。」這時，狼人T用力拍了一下大腿，「所以海屬性的車廂內，撒旦只能放上海中魔物，動物屬性的車廂，裡面還是住著長大的噴火龍，甚至是那原本的單人車廂，撒旦乾脆安排自己一人上場，不過，這和好靈魂車廂裡面沒有壞人，有什麼關係？」

「好靈魂車廂中，應該像其他車廂一樣，存在著某些巨大限制。」吸血鬼女說。「例如靈力的容量限制之類的，在地獄列車的設定中，這幾節車廂塞不下靈力爆表的大魔怪，這也是為什麼一般靈魂會坐得如此舒服的原因吧？」

「喔，原來是這樣。」狼人T咧嘴笑。「地獄列車的設計者到底是誰？竟然設計得這麼巧妙？」

「這問題可能要去問聖佛吧，因為設計者可能和他是同期的，如果列車原本的特性就是如此，那撒旦不是不想做，而是什麼都做不了……」吸血鬼女說，「只是，我有點擔心，事情真的會那麼簡單嗎？」

「我也有相同的疑問。」少年H注視著下一節車廂的門，嘴角輕輕揚起。「撒旦真的會什麼都不做嗎？」

「不過，不管做或不做。」狼人T的大手，已經轉開了第三節車廂門，露出不畏任何挑戰的笑容。「只要往前走，就會知道答案了。」

「沒錯，只要往前走，就會知道答案了。」

門嘎一聲打開，伴隨著轟隆隆的火車運行聲，第三節車廂的景象，如同前幾座車廂，如實的映入了眾人眼簾。

第三節車廂，到底有什麼……

「又是，好靈魂？」狼人T吐出了一口氣，聲音中分不清是開心還是失落。「抱雙胞胎小孩的漂亮年輕媽媽、對未來充滿希望的年輕人，還有生活優渥的老人、運動的少年、對音樂有夢想的女孩，這幾節車廂，不但只載好靈魂，連內容都差不多……」

「是啊，差不多。」吸血鬼女歪著頭，連她都感到困惑，難道撒旦真要放棄這幾節車廂的攻擊機會，真的是因為地獄列車的乘客限制嗎？

「既然撒旦要送分，我們怎麼可能不拿呢？」狼人T咧嘴笑，大步往前。

「真好，每節車廂都這麼好打就好了。」馬面也開心地蹦蹦跳跳。「不然每節車廂都看到我在帥氣奔跑，怕讀者會看膩啊。」

「嗯，還是要小心。」少年H依然是殿後的一個，他聲音沉穩，「就算這車廂被限制了靈力，也不要低估撒旦的任何可能性……」

「沒問題。」狼人T笑著，當他走到車廂的一半，忽然，背上被人輕輕拍了一下。

狼人T先是嚇一跳，當他轉頭，隨即笑了。

因為拍著他背部的，是年輕媽媽懷中的其中一個小嬰兒，小嬰兒似乎對狼人T感到好奇，於是掙脫了媽媽的懷抱，用他肥嫩嫩的小手，拍了狼人T寬闊背部一下。

「這小孩很調皮啊。」狼人T順勢用一雙大手托住嬰兒的腋下，高高舉起，逗得嬰兒咯咯笑。

看嬰孩如此笑著，外表粗豪其實很愛小孩的狼人T，也開懷地大笑。

不過，奇怪的事，就在此刻發生了。

因為，被狼人T高高舉起的小嬰兒，他的眼睛，竟然瞬間翻黑。

如深墨，如濃血，讓人顫慄的黑。

「啊。」狼人T只來得及喊這麼一聲啊，他的右手，就被嬰兒一口咬住。

「狼人T！」事情來得太突然，吸血鬼女只來得及喊出夥伴的名字，卻來不及出手阻止，同時間，她發現自己周圍也出現了異狀。

她，不知道何時，竟被包圍了？

剛剛還看著報紙，辛苦大半輩子，終於悠閒度日的老人、穿著價格不高的嶄新西裝，對前途充滿希望的年輕人，還有腳穿著溜冰鞋，充滿活力的少年們……

他們的眼睛，如今都是如乾血般的墨黑色。

「混帳！」吸血鬼女急忙張開翅膀，試圖在狹窄的走廊，替自己爭取最後一點逆轉時間。

但也許是從第六節車廂開始，連續經過五、第四，到現在第三節車廂為止，每節車廂都只裝載好靈魂，讓人稍稍鬆下了防備……

又或許是，吸血鬼女就算看到這群靈魂的眼睛轉黑，依然明確感覺到，他們是「好靈魂」……

吸血鬼女若真的甩動鋒利如斧的翅膀，肯定將這些無辜的好靈魂們，身首分離，從此灰飛煙滅……

就是這一份短暫的遲疑，讓吸血鬼女感到左小腿微微一痛。

她轉頭，看到穿著溜冰鞋的少年，蹲在地上，張口咬住了自己的左小腿。

這一咬，會怎麼樣嗎？吸血鬼女急忙想從腦海裡龐大複雜的情報知識中，找到以「咬」當成主要武器的怪物，來猜測藏匿在這車廂中的陰謀主，到底是誰？

但她還沒想出來，腦海就嗡然一聲，一股憤怒，暴熱，瘋狂的情緒，從她的內心湧現！

這是什麼？

吸血鬼女頭上青筋爆出，她好想殺人！怎麼回事？她好想好想殺人！痛痛快快地大殺四方！

就在狼人T和吸血鬼女先後被善良靈魂咬中的同時，馬面與少年H的處境，也好不到哪裡去。

「啊啊啊啊！」馬面慘叫一聲，在狹窄的走廊上，沒有任何抵抗餘地的，被人群淹沒，雖然看不到實際狀況，但從他被淹沒的狀況來判斷，身上也許早已佈滿上百口咬痕……

四人之中，只剩下殿後的最後一名成員，但也是四名成員中，道行最高的少年H。

站在少年H面前的，是那名抱著雙胞胎之一的年輕媽媽，她目光直直地看著少年H。

而少年H也靜靜地與她對望，直到，她慢慢地將雙手抬起，同時手上嬰兒也跟著高高抬起。

嬰兒的雙瞳，沒有轉黑，還是純淨的黑白分明。

年輕的媽媽依然沒有說話，只是看著少年，然後，無聲的，沉默的，但也是殘忍的，她的五根手指就在此刻，鬆開了。

鬆開的剎那，嬰兒感到失去了支撐，宛如墮入虛空般墜下。

一個大人的高度，嬰兒突墜下，可能只是手腳烏青般的瘀傷，但也可能是腦部或是脊椎的撞裂，從此這個剛來到人世間的脆弱軀體，將會有百分之一的機會損及生命。

嬰兒墜下，等同生與死之間的抉擇，對少年H而言，也是他的抉擇。

抉擇一，對嬰兒生死袖手旁觀，這樣少年H就不會置身險境，雙方局勢依然維持僵持。

抉擇二，伸出雙手，為了救下這脆弱生命，為了避免那百分之一的機會，讓這脆弱，純真，毫無抵抗力的生命，不要自此離開這有趣繽紛的世界。

但若做了選擇二，局勢將會失衡，雙手抱著墜落嬰孩的少年H，將會被迫陷入風險之中，因為少年H會由於改變動作而露出致命破綻。

那，少年H究竟會做什麼選擇呢？

事實上，少年H一點猶豫都沒有，他淡然一笑，往前踏了一步，雙手打開，他，打算接下這即將墜地的嬰兒。

然後，理所當然的，少年H陷入了險境。

他的背上，瞬間貼上了一個沉重的物體，少年H知道，那是一個人。

速度與動作快如鬼魅，雙手如爪緊攫住少年H的肩膀，少年H幾乎不用猜，就知道……這座車廂的王，終於出來了。

但，雙手緊抱墜落嬰孩的少年H，已經失去了第一時間反擊的機會，更將最致命的背部，完全暴露在車廂之王的攻擊範圍內。

「結束。」背後的那個王，張開了嘴，殘破不堪的牙齒中，唯獨兩根犬齒，尖銳得特別明顯。

然後，咬下。

當這一咬，少年H身體顫動，就這樣往前仆倒，雙手慢慢鬆開，嬰兒則順著少年H手臂滑落，當嬰兒落地，恰好無傷的落在地板上。

嬰兒雙手雙腳接觸到地板，立刻開始往前爬行，帶著小孩獨有的咯咯笑聲，滴著幾滴口水，緩慢但安全地脫離了危險區域。

而少年H呢，中伏的他靜靜趴在地上，他背上的那個人，則緩緩地站起。

此人的臉，纏了一條條破舊骯髒的麻布，麻布下，一雙眼睛露出陰冷氣息。「咯咯咯咯，獵鬼小組鼎鼎大名，一定沒想到會栽在我手下吧。」

此人笑聲尖銳，全身捆著破舊麻布，他的外型，非常眼熟啊。

「第一個，少年H，」他看向趴在地上，動也不動的少年H。

「第二個，吸血鬼女，」他目光移向正斜靠在椅子邊，目光緊閉的吸血鬼女。

「第三個，狼人T。」此人再將眼神，看向狼人T，他的嘴角露出又是憤怒，又是興奮的冷笑。「尤其是你，你一定沒想到，會落在我手上吧？」

狼人T被眼睛翻黑的小嬰兒咬中，此刻也垂著頭，彷彿失去意識般站著。

這人慢慢走到狼人T面前，抓住狼人T濃密的頭髮，露出冷笑。「當年，我用我的繃帶捆住你雙手，反而你用牙齒咬掉了我的半顆頭，我本來以為我一定死了，誰知道……撒旦來了。」

撒旦，又是他？

「他讓我許了願，而我許下，要對獵鬼小組復仇的心願，撒旦聽完笑得很開心，『沒問題，難得我們的想法一致呢。』等我清醒，我就在這台列車上了。」這人說，「而且我的毒，被撒旦更進一步淬鍊提升，它不再只有暴亂的效果，中毒者，甚至會成為我的奴隸。」

這個滿臉纏著繃帶，手段陰險的男人，究竟是誰？他為什麼和獵鬼小組與撒旦，有這樣深的淵源？

「不只如此，撒旦說我的基本武力不強，所以要弄一個真正適合我的環境，他就挑中第三、四、五，以及第六節車廂。」此人說著，「他說得沒錯，只有在充滿善良靈魂的環境下，我才能夠透過這些陰險的手段，戰勝你們這些自認為正義的獵鬼小組，咯咯，你們的弱點，就是對善良靈魂與小嬰兒，完全沒辦法吧？」

眼前四個獵鬼小組，沒有人回答他。

因為他們的眼睛都閉著，這人的毒，當真這麼厲害？

「從破壞神濕婆、女神伊希斯，甚至是魔佛手底下逃脫的獵鬼小組，沒想到會敗在我手下吧，」那人大笑，「從今以後，所有人都會再次因為我的名字而發抖，我的名字，就是……木乃伊二十九！」

木乃伊二十九！

當年地獄列車暴動的起點，不就是他那一身暴亂劇毒。

因為暴亂劇毒的散播，讓整整十三節車廂的群魔群妖，因此而瘋狂暴動，更讓當時的獵鬼小組，經歷了有史以來最慘烈的戰役。

如今，他果然還在。

在撒旦這魔神的操盤之下，木乃伊二十九來到了充滿良善靈魂的第三四五六節車廂中，以正義與善良佈下陷阱，誘捕了獵鬼小組四人。

「從現在開始，我木乃伊二十九，將會名動地獄，每個地獄壞人都會崇拜我，仰慕我，把我的名字刺青在身上，地獄星巴克會出我的專門隨行杯，我身上的捆屍布會比龍貓的電影膠卷還值錢，甚至會有人幫我蓋木乃伊二十九的紀念館……」木乃伊狂笑著，「因為我，徹底擊敗了獵鬼小——」

「屁。」

「屁？」木乃伊二十九微微一頓，「不，我不是這樣說的，我擊敗的不是獵鬼小屁，我擊敗的是獵鬼小——」

「屁。」

「不是啦，我不是擊敗獵鬼小屁啦。」木乃伊二十九有點生氣了。「是地獄之中威名赫赫，鼎鼎大名，曾抓過無數鬼怪獵鬼小——」

「屁。」

「獵鬼小屁！獵鬼小屁！」木乃伊二十九狂叫著，「我要成為地獄最偉大的壞人，不是因為打敗了獵鬼小屁！而是打敗獵鬼小——」

「組嗎？」那聲音說。

「獵鬼小組，對對對，獵鬼小組啦。」木乃伊二十九用力點頭，「妳終於開竅了，咦，等一下，這車廂中應該全部的人都在我的掌握之中，妳，妳是誰？還有，妳在哪？」

「我是誰？我在哪？」那聲音淡淡地笑，笑聲中帶著酥骨的嬌媚，嬌媚中又有冷冽的陰氣。「我就在你的背後啊。」

背後？

木乃伊二十九感到一陣寒意，他想轉身，但卻有一種直覺告訴他，別轉身。

轉身之後看到的那個人，會比死還恐怖。

「幹嘛，不敢轉身？怕我太醜嗎？」背後那聲音甜膩溫柔，讓人從耳膜酥到骨頭裡。

「不，不敢……」木乃伊二十九聲音顫動。

「那你回頭嘛，好不好，」那聲音在木乃伊二十九的耳邊，甜甜說著，「我想看你回頭嘛。」

「回……回頭？」木乃伊二十九邊聽著貓女的輕語，享受著酥到骨子裡的膩，一邊感受著與死亡比鄰而居的恐懼，他，慢慢地回頭了。

脖子的肌肉帶動人體密度最高的部位，頭顱，慢慢地回頭了。

當木乃伊終於轉過了頭，他看見了那雙美麗深邃讓人深戀其中的貓眼時，他也看見了，那即將穿入自己太陽穴的那一根，貓爪。

「貓女！」木乃伊二十九尖叫，「妳為什麼在這，為什麼要殺我！？」

同時間，木乃伊二十九臉上所有的捆屍麻布，都快速蠕動起來！

蠕動，只為了替木乃伊二十九，爭取那短短的零點一秒，讓他的太陽穴，不再只是一個可以讓空氣自由通過的……空洞。

面對宛如百蟲亂舞的捆屍麻布，貓女的爪，依然銳利如昔，沿路削斬而過，噌噌噌亂響，果然在零點一秒的時間，到達了木乃伊二十九的太陽穴前……

而木乃伊二十九，也奮力在這零點一秒的時間差之下，猛然往後退。

往後退時，他感覺到了一陣涼風，就在他鼻尖前，柔柔吹過。

沒事。

除了被切得整整齊齊的十幾截破布之外，他的鼻尖，沒事。

木乃伊二十九背上全是冷汗，因為他知道剛剛那陣涼風，是什麼意思。

「你的身手，這幾年進步了呢。」那燦爛笑容的主人，貓女。「剛剛那一爪，竟然被這些破布所阻擋，沒有傷到你。」

「貓女……」木乃伊蹬蹬蹬連退了三步，退到了這些良善靈魂之中，「妳這個暗殺女王，現在和獵鬼小組是同一邊的？」

「你的情報很久沒更新囉。」貓女邊笑著，邊踏著有如模特兒走秀的步伐，走向了木乃伊二十九。「我貓女，可是獵鬼小組第六號呢。」

「哼，原來妳加入了獵鬼小組？」木乃伊二十九臉上再度浮現陰冷的笑。「那太好了，妳一定也會有獵鬼小組的弱點……」

「喔？」

「應該說，每一個英雄都有的最致命弱點……那就是該死的正義感啊。」木乃伊二十九冷笑著。

「所以？」

「所以……」木乃伊狂笑著，「給我上啊，善良的靈魂們，這女人是獵鬼小組，所以她絕對不敢傷害你們的！」

在這聲淒厲的命令下，那些善良靈魂開始晃動著自己的腦袋，踏著僵硬的步伐，朝著貓女蜂擁而來。

而貓女呢，她依然是單手扠著腰，驕傲地瞧著眼前這一批失去意識的善良靈魂。

她臉上，掛著笑。

笑容中，讓人猜不出她在想什麼……

善良靈魂，越來越近，搖搖欲墜的小嬰兒，腳步踉蹌的長輩老人，拿著吉他，帥氣可愛的女歌手，對未來充滿希望的年輕人，熱愛棒球的少年，朝著貓女而來。

在木乃伊二十九的指揮下，他們將有超過十種以上自殘的手法，來逼使貓女不得不暴露自己的缺點，來保護這些良善靈魂。

一如剛剛少年H為了拯救小嬰兒，而讓自己陷入了險境之中……

貓女，依然冷笑，依然單手扠腰，看著這群善良靈魂，來到自己的面前。

就在這群靈魂，舉起了手上的嬰兒，拿著吉他要打自己的頭，老年人要將報紙塞入自己嘴裡時……貓女，動了。

手上的爪子，像是一道柔細的涼風，從她優雅指尖，拉了出來。

指尖綻放的涼風，劃出淺淺的弧線，繞過良善靈魂的身體，繞過小嬰兒的小手，繞過音樂女孩的脖子，繞過老年人的雙腳，繞過運動少年最珍貴的雙手。

接著，貓女笑了。

這不是溫柔的笑，而是帶著調皮與冷冽，那是暗殺女王的絕情之笑。

然後，指尖涼風經過處，全部，都斷開了。

嬰兒的肥嫩小手，音樂女孩用來唱出美妙歌聲的咽喉，老人使用了一輩子最得意的膝蓋，還有少年拿握著球棒，象徵著夢想圖騰的雙腕……

全部，都被貓女指尖的涼風，無聲無息地切開了

而且貓女無愧是暗殺界第一的女王，這些被割斷的切口平滑，沒有半點鋸齒，甚至連血泉，都忘記要噴湧而出。

「貓女！」木乃伊二十九再度失聲尖叫，「妳瘋了嗎？那些是善良的靈魂啊！妳是獵鬼小組啊！獵鬼小組怎麼可以對好人出手！怎麼可以！」

「喔，是嗎？原來獵鬼小組不能對好人出手啊？」貓女伸出舌頭，輕輕舔過手上的爪子，那剛剛割開眾人手腳的爪子。「我回家會好好讀一讀入會宣言的，哎啊，你知道我記性不好嘛。」

一邊說著，貓女那雙勾人的眼睛看著木乃伊二十九，瞳孔深處綻放出來的，是和剛才一模一樣的冷冽殺氣。

「貓女……」面對貓女這第一暗殺女王的殺意，木乃伊二十九不禁退了幾步，「這是不對的，妳不可以，妳不可以……」

「喵。」

就在這聲喵剛剛落下，貓女的身影就消失了。

只剩下，地板上那一個輕盈到無法被察覺的腳趾印子，還有在空中隱約擺動的迷人尾巴

流紋。

下一瞬，貓女的笑容，已經出現在木乃伊二十九的面前。

「大絕招，死亡繃帶！」木乃伊聲音淒厲，同時間他全身上下骯髒破舊繃帶，都陡然伸直，化成百根鋒利長刀，貫向眼前這已然降臨的死神，貓女。

只是，這對貓女有用嗎？

對雖然已經加入獵鬼小組，但仍是地獄第一暗殺女王的貓女，有用嗎？

答案，實在太明顯了。

連良善靈魂都可以毫不在意切割的貓女，完全去除了獵鬼小組最致命的缺點，留下純粹且致命的部分。

那些捆屍破布就算堅硬如鐵，鋒利如刀，都被貓女爪尖的涼風圍繞，然後斷成翩翩的碎片。

最後，貓女的爪子，停在木乃伊二十九枯乾、滿是皺紋的細長脖子上。

「有遺言嗎？」貓女笑，笑得嬌俏迷人。

「遺言？」木乃伊二十九狂笑著，「我沒聽過貓女殺人前會問遺言的，既然妳問了，我就說吧……就算妳今天殺了我又怎樣？妳曾經割殺良善靈魂的事蹟，將會在這場戰役結束之後，送到地獄政府，進行最嚴厲的審判！」

「喔。」

「妳懂嗎？貓女，這就是人類啊。」木乃伊眼睛瞇起，「妳和我根本是同一種人，就算妳想將自己洗白，因而加入獵鬼小組，但妳骨子裡就是黑榜，就是殺手，人類這種畏懼異類的生物，絕對不會放過妳的！貓女！」

「喔。」貓女臉上依然帶著那燦爛迷人的笑，完全看不出她的情緒反應。

「所以，放下妳的爪子吧，我們再一起創造黑榜的榮光吧！」木乃伊二十九聲音轉低，「那段小孩們一聽到黑榜群妖就會哭泣，那段政府對我們低聲下氣的日子……貓女，不，我該說，親愛的黑桃皇后。」

「親愛的，黑桃皇后嗎？」貓女嘴角，輕輕揚起。「你既然知道我的這個稱號，那你應該明白一件事……」

「什麼事？」

「那就是，」貓女的臉，慢慢地靠近木乃伊二十九，那精巧誘人的五官，在此刻燈光下，竟然透著濃烈且驚悚的氣息。「我貓女的爪子，豈是一般爛爪能比擬，我爪子如此鋒利，被我切斷的東西，真的不能復原嗎？」

我爪子切斷的東西，不能復原嗎？

木乃伊二十九一聽到這句話，臉色驟變，目光移向那些手腳脖子身體被貓女切斷的良善靈魂，那些良善靈魂，竟然手腳完好，狀似悠閒地站著。

而且真正讓木乃伊打從心底感到顫慄的，卻是站在那些良善靈魂旁邊的人……

金髮披肩，一身窈窕黑衣，冷豔美麗的女子，不就是吸血鬼女嗎？

一旁身材壯碩有如鋼鐵，神情粗獷的男子，不就是狼人T嗎？

一個理著光頭，俊秀五官之中，透著一股淡淡笑意的少年，不就是少年H？

一個面容猥瑣，馬鬃凌亂，還一副自認很帥的馬頭男，是……等等，是哪位？是什麼面嗎？還是馬殺雞之類的？

無論他們四個人是誰？如今從他們笑容可掬的臉上，還有黑白分明的眼珠中，都在在告訴著木乃伊二十九同一件事……

那就是，「暴亂病毒被破解了！」

「為什麼……」木乃伊二十九張大嘴，「我的暴亂病毒……」

「你的暴亂病毒，比不上撒旦挖心臟的痛。」狼人T笑。「見識過撒旦的黑暗力量，暴亂病毒就像是一杯沒加牛奶的黑咖啡而已。」

「你的暴亂病毒，比不上魔佛的一掌。」吸血鬼女微笑，「魔佛H一掌萬物灰飛煙滅，你的暴亂病毒頂多是一陣稍微不舒服的熱風而已。」

「你的暴亂病毒，比不上女神的白月。」少年H搖頭。「當白月墜下，地球可是會崩塌大半的喔。」

「你的暴亂病毒，比不上……比不上……」第四個是馬面，他支吾了幾下，「啊，比不上我帥啦，你知道我的這金色鬃毛每天要花多少時間保養？要用多少工具和耗去多少保養乳液嗎？」

「所以……」木乃伊二十九全身顫抖著，他知道大勢已去，現在他想知道的只有一件事，那就是他接下來的命運會如何……「救命啊，撒旦大人！」

救命啊，撒旦大人！

這聲求救剛響起，忽然，列車的廣播發出斷斷兩聲，竟然是撒旦的聲音。

「列車長廣播，列車長廣播，啊，好久以前就想玩玩看這功能了。」廣播聲中撒旦聲音傳來，「廣播的內容是，木乃伊二十九啊，你試過把暴亂病毒注入到自己體內嗎？感覺會很不同喔。」

把暴亂病毒注入自己體內？這句話一出，包括少年H，所有人的神情都微微改變了。

暴亂病毒的生產者，如果自己吞食暴亂病毒會怎樣？

如果病毒是一種偏差型的瘋狂進化模式，那雙重偏差的瘋狂進化，又會如何？

「阻止他。」少年H罕見的，下達了明確的指令。

「得令。」離木乃伊二十九最近的，正是以雙爪架住他脖子的貓女，她淺笑中，帶著使命必達的霸氣與決心。

然後，她的爪子往前一送，那鋒利絕倫的刀鋒，就要直接割斷木乃伊二十九的脖子，斷絕他生命系統，讓雙重偏差的瘋狂進化，就地停止！

只是貓女的爪子往前推之際，表情卻微微改變了。

因為她赫然發現，她的爪子，竟就卡在那看似細瘦脆弱的木乃伊二十九咽喉處，再也無法寸進。

「糟。」這是貓女唯一來得及吐出的一個字，隨即她感到胸口一悶。

這悶感，來自木乃伊二十九乾瘦，卻又硬到更甚鋼鐵的雙臂上。

雙臂猛揮，像是地獄來襲的兩門惡意火砲，一左一右，狂轟貓女胸口。

轟勁之強，讓貓女整個身體浮起，整輛地獄列車因此微微震動。

而木乃伊雙目也翻黑，其至濃至黑，黑到兩條宛如鮮血的黑液，從眼角蜿蜒流下，又似眼淚，卻又似鮮血。

同時木乃伊二十九張口大吼，口腔深處，透出非人的嘶吼，那是悲鳴，哭泣，哀號，乞求一死了之的卑微情感。

「車長廣播，車長廣播……」這時，廣播中又傳來撒旦帶著戲謔的笑聲。「感覺不錯吧，木乃伊二十九，但我剛剛好像忘記說了，這被我改版後的新款暴亂病毒，一旦你自己注入了它，就永遠無法復原了喔，是永遠喔。」

永遠無法復原了？

看著木乃伊二十九雖然已經進化到足以擋住貓女雙爪，但卻雙目流著黑淚，發出痛苦求死嘶吼的模樣……

所有人，都不自覺地別開了雙眼。

真慘。

雖然木乃伊二十九利用獵鬼小組的正義感，以良善靈魂為誘餌設下陷阱，原本就不是什麼好東西。

但看到他的模樣，所有人卻都不禁別開了眼睛。

這份悲哀的沉默，直到一個人的移動，才打破了這一切。

他，是少年H。

只見他表情罕見的嚴肅，腳踏行雲流水般的步伐，瞬間閃過層層的良善靈魂，繞過狼人T、吸血鬼女，甚至是貓女，來到了木乃伊二十九的面前。

「H，小心啊，這傢伙現在身體很硬，連我的爪子都割不破，一時之間，就怕找不到打倒他的方法……」貓女看見少年H義無反顧地來到木乃伊二十九的面前，忍不住出聲提醒。

「我知道，他的身體很硬，所以妳的爪子割不開。」少年H傲然站在木乃伊二十九的正前方，而木乃伊二十九再次舉起了他乾黑的雙臂，雙臂透著偏差後悲傷的強大。

在這麼近的距離下這對雙臂落下，就算少年H曾經力抗女神白月，曾經從濕婆手底下存活，硬吃這一擊，恐怕也會帶上一份不小的傷。

那雙臂在空中凝聚了足夠的力量，然後帶著雷霆萬鈞的氣勢，開始急降而下。

「入魔之後的悲傷，我懂。」少年H仰著頭。「所以，我會幫你想辦法……」

雙臂越揮越近，挾著木乃伊二十九的巨大哀號聲，他似乎用上了全力，連自我意識都完全失去了。

「找一個比貓女爪子，更硬的東西！」說完，少年H舉起了雙手，擋下了木乃伊二十九的這一擊。

硬擋？不是會受傷嗎？

但，少年H可不是硬擋，別忘了他是少年H，而他最引以為傲的絕招，可不是那不知道打哪來的金色鬃毛，而是貨真價實，童叟無欺，陪他走過多次硬戰的……太極卸勁。

太極卸勁像水，像風，像緩緩流動卻充滿力量的流體，當木乃伊二十九的雙臂擊中太極卸勁時，頓時像墜落入了這流體之中，然後雙臂的力道，反成為這漩渦流體的動能。

動能，帶動木乃伊二十九的身軀，開始往前，往前……接著，他覺得自己雙腳騰空，被少年H的太極旋勁，帶著轉了一圈，往前甩了出去。

「接好啊。」少年H用力一甩，將木乃伊二十九的身體，甩向了另外一側，並張口大喊：「比貓女爪子還硬，甚至咬破過木乃伊二十九的頭，就是你啦！狼人T你的大鋼牙啊！」

就是你啦，狼人T你的大鋼牙啊。

木乃伊二十九身體飛過來的時候，狼人T同時張開了嘴。

他的狼嘴張得好大，大到足以吞下木乃伊二十九那顆乾瘦的頭顱，而最酷的是，少年H的太極卸勁力道控制得恰到好處，木乃伊二十九的身軀隨著太極反震力甩動，最後，他的頭噗的一聲，剛好塞進了狼人T的大嘴中。

「上次吃的時候，千年醃貨實在不怎麼樣？」狼人T嘴巴闔上，上下兩排牙齒挾著上下顎的巨大夾力，朝木乃伊二十九的頭，用力咬了下去！「這次看有沒有進步啦。」

一整排銳利的狼牙，齒尖瞬間嵌入木乃伊二十九的頭部，但嵌到一半，竟然停住嵌不下去。

狼人T的大嘴，緊咬著木乃伊二十九的頭，雙方頓成僵局。

「好像不行啊。」這時，吸血鬼女搖了搖頭，「H，你這次誤判了，應該丟到我這邊的，我的吸血鬼之牙就算咬不破頭顱，至少打個洞，把這醃貨的腦汁放出來……」

「嗚……」狼人T聽到如此，眉頭皺了皺，但因為嘴巴無法開闔，無法回嘴。

「是不行啊，H，你哪來的錯覺？覺得狼牙比我的貓爪還利？」貓女也冷哼一聲，「我看這隻狼狗，連骨頭也沒啃過幾根，也沒認真刷牙，他這一咬，就怕他牙齒要掉光光了……」

「嗚嗚……」狼人T再聽到，眉頭又皺得更緊，眼睛更是泛紅充血，但就是無法回嘴。

「這狼人真的不行啊。」第三個說話的是馬面，「天師您真是太客氣了沒丟來我這，雖然我是外表帥氣取勝，但我的手刀也是很銳利的，木乃伊二十九的頭在我的手刀下，肯定會像是豆腐般被切開的，如果狼人T的牙齒真的不太好，小弟代點小勞，也是沒啥關係的啊。」

「嗚嗚嗚……」狼人T越聽，眼睛越來越紅，但拚命和木乃伊二十九頭顱硬度抗衡的大嘴，實在無法分一絲毫力氣來反駁這些流言蜚語。

不過，狼人T的大爆發，卻來自於最後一人。

少年H沉吟了一會，慢慢走到狼人T面前，神情凝重。「老友T，難道，我真的看錯……」

你真的看錯，個屁！

狼人T這瞬間怒氣達到巔峰，咔啦咔啦咔啦咔啦……一連串像是小爆竹炸裂的聲音，從他的大嘴中，迸了出來。

然後在這些如爆竹炸裂的聲響中，狼人T的聲音，帶著狂暴與憤怒，穿了出來。

「你真的個屁！」狼人T狂吼著，「老子的牙，連聖獸龍骨都可以咬碎，厚臉皮鬼那淬鍊千年的臉皮都可以咬穿，連魔佛的一掌老子都可以用牙齒咬到他怕！我，怎麼可能咬不開這他媽的，木乃伊二十九的頭啊！」

我怎麼可能咬不開這他媽的木乃伊二十九的頭啊！

這一連串暴亂的聲音落盡，忽然，狼人T發現，所有人都帶著微笑，定定地看著他。

吸血鬼女、貓女、馬面，還有補上最後一槍的老友，少年H。

「我們都相信你可以。」少年H伸出手，拍了拍狼人T的肩膀。「別太在意了。」

「所以你們剛剛是在……」

「地獄群妖們流傳著這麼一段話，『狼人T超強，但限於他生氣的時候。』」吸血鬼女聳肩，「所以我們是在惹你生氣，啊，不是，我們其實是在鼓勵你。」

「鼓勵？」狼人T睜大了眼。「等等，你們給我解釋清楚！」

「沒事，當然沒事。」最後露出笑臉的是貓女，「對了，再次品嚐千年醃貨，有進步嗎？」

「千年醃貨？啊，妳是說木乃伊二十九的頭嗎？」狼人T一呆，隨即嘴巴咬了幾下，「剛剛咬得太快，沒特別注意味道，但現在嚐起來，感覺……」

「感覺怎麼樣？」

「感覺……」狼人T眼睛微微往上，嘴巴嚼啊嚼，「有點像餅乾，嗯，不過這餅乾濕濕的，有點臭，像臭魚乾……實在不好吃。」

「狼人T你真的很有趣，因為你是我見過第一個認真品嚐木乃伊的人喔。」貓女笑。

「認真品嚐木乃伊……」狼人T眼睛再次睜大，「欸，貓女，妳，妳要我？妳騙我認真吃木乃伊……」

「嘿，認真吃木乃伊沒什麼不好啊，另外，往好的方面想……」貓女笑，「至少，你救了木乃伊二十九這個入魔的笨蛋！」

「救他？哼，算他笨中了撒旦的詭計，把他拉出痛苦，也算功德一件啦。」狼人T個性爽朗，想起剛剛木乃伊二十九在撒旦慫恿下，將暴亂病毒注入自己體內後，產生雙重偏差後的悲痛，他很開心自己能拯救他人脫離苦海，就算那是一個壞蛋也沒關係，畢竟，獵鬼小組中誰沒當過壞蛋？「就算是壞蛋，也該救上一救沒錯。」

「木乃伊二十九雖然很壞，但看起來，有人比他更壞。」吸血鬼女說。「一路上，他用『願望』為代價，讓許多可憐的人墜入魔道，開膛手J、眼鏡猴、木乃伊二十九，無論是壞蛋或好人，都淪陷在他『願望』的陷阱裡……」

「對，也許他不是地獄群妖中最強，以行徑來說，」貓女嘴角揚起，「這傢伙的確是最惡的。」

「而這傢伙，就在這車廂的終點。」少年H淡淡地微笑，「而我們現在已經過了第三節車廂，眼前就剩下兩節車廂了。」

「剩下兩節車廂。」狼人T聲音放低，那是試圖壓抑情緒的低沉嗓音。「第二車廂，第一節車廂，以及……」

「車長室。」這時，馬面接了最後一句話，也許是感受到了現場那既緊張興奮又充滿鬥志的微妙氣氛，這次馬面的語調不再浮誇，反而低沉中透露著決心。

因為馬面的語調與現場同步，眾人也就不再對他吐槽，只是安靜地聆聽。

這份聆聽，似乎也訴說著，他們終於認同這位一路跌跌撞撞，驚險過關的過客。

獵鬼小組，連同這位過客，即將步入最後二加一節車廂。

時間，還餘三分鐘。

當時的黃泉之門，此刻的夢幻之門，即將展開大門，靜待群雄會集，靜待這波瀾壯闊的地獄遊戲，真正的勝負揭曉。

第十四章　天下無箭

「吸血鬼女，當年第二節車廂是什麼車廂？」推開車廂門之前，狼人T如此問。

「這裡，」吸血鬼女語氣低沉，「是酷刑者車廂。」

「酷刑者車廂？」

「對，從古至今，無論冤與不冤，無論惡與不惡，最後都被處以極度可怕詭異離奇酷刑整治至死的死者們。」吸血鬼女說，「如今，都聚集在這車廂之中。」

「感覺上，不好對付。」

「是的。」這時，少年H在一旁接了口。「當年，我們隊長羅賓漢J就是在這車廂遇到了他的宿敵，然後葬身於此地。」

酷刑者車廂，是的，就是當年羅賓漢J的葬身之地。

車門打開的時候，短暫的一秒內，所有人都忘記了同一件事。

那件事就是，呼吸。

因為他們都看見了同一幅畫面。

吸。

也就是這一幅畫面，讓曾經身經百戰，什麼驚悚場景沒見過的獵鬼小組同時忘記了呼

那究竟是什麼樣的畫面呢？

那是光線昏暗的車廂，車廂中四處散落著各種說不出名字的舊器具，這些器具有的佈滿尖刺，有的用好幾條鎖鏈串起，有的是一座巨大銅牛，有的像是一對夾板，有的是一團繩索，四五條繩子盤桓交錯在一起，有的則不帶任何複雜結構，粗壯圓滑的棍子外型卻讓人莫名的感到顫慄。

這些器具形狀迥異，但卻都有一個古怪的共通點，那就是每個器具上都沾著點點血跡。

這些血跡多半已經乾涸，透著墨黑色的陰森之氣，有些器具的表面更因為這些血跡而產生了鏽蝕，這些鏽蝕有的深黑，有的卻與金屬產生奇異的化學變化，變得色彩紛呈，透露出一種不協調的古怪。

至於這些器具為何會染上血，又如何染血的，總會讓人產生許多不安的聯想，那尖刺物具是否曾從人類口中穿入，然後從後端突出……？

夾子是否曾鉗住罪人枯瘦的十指關節，然後開始絞動……？

那圓粗的棍子，又是否曾經是一個簡單但令人畏懼的凶器，一次又一次舉起，落下，舉起，落下……將人類引以為傲的骨骼處，一處處敲得粉碎？

而那沾血的馬繩，又會不會曾經綁在五匹馬上，然後用力拉扯，將人類的肢體硬生生分成五塊？

這些器物的形態差異頗大，但都指向了唯一且殘忍的用途，它們專司用刑，它們是，刑具。

刑具。

那是以醫學為基礎，對人類身體的每個器官，對痛覺的深入研究後，所設計出來讓人生不如死，死不如生的工具。

它們是人類光明醫學的偏門，是藏匿在醫學背後那份深沉黑暗，卻又與醫學本身無法分割的存在。

刑。

就是這個字。

乍看之下只是一個平凡的字，卻深遠影響了人類的千年黑暗歷史。

如今，這千年的黑暗歷史，全部斂集到這節小小的車廂之中，數十種不知名的刑具上，都依附著一個悲傷憤怒的靈魂。

如今這些靈魂全部發出了嘶吼，朝向同一個人蜂擁而去。

那個人，自然就是獵鬼小組中，最驕傲的第一號，隊長羅賓漢J。

「隊長！」

當車廂打開，狼人T等人看到的，就是這數十名酷刑者，朝著羅賓漢J狂衝的畫面。

他們不自覺地忘記了呼吸，忘情地吼叫，要阻止慘劇發生。

這些酷刑人，因為死得太過悽慘，所以都擁有極度驚人的靈力，每一個都足以登上黑榜前百。

其中，更以站在羅賓漢J正前方的那個男人，最讓人感到背脊發涼。

他，頭戴灰朽皇冠，下巴留著小鬍子，笑容陰冷，他曾是王，更是眾多酷刑發明者，他不是別人，正是英王查理。

從羅賓漢J還在人世的時候，查理王就與他命運互相糾纏，到了上次地獄列車任務中，羅賓漢J獨自與整節酷刑者死戰，戰到羅賓漢J陷入等同死亡狀態的昏迷，最後淪為華佗的實驗品。

如今，當獵鬼小組們來到了第二節車廂，站在這裡的男人，依然還是羅賓漢J，而站在這男人對面的，也依然是英王查理。

命運輪轉，輪輪轉轉，兜兜繞繞，終究會轉到相同的地方啊。

只是這一次，酷刑車廂中的酷刑人被撒旦改造得更加變態，更加凶猛，更加無法無天，而他們正在查理王的指揮下，死命朝著羅賓漢J狂衝而來。

陷落在這樣鋪天蓋地的聲勢，也難怪少年H、狼人T、吸血鬼女，甚至是不知道哪來的馬面，都會忘記了呼吸這件事……

「隊長！」

然後，羅賓漢J高高舉起了右手，手上握著那把從生前跟他到死後，從小靈魂跟到現在獵鬼小組一號的木質長弓。

「你要射箭嗎？這裡有十九隻酷刑人！」查理王的聲音依然低沉而陰冷。「每一隻實力都足以站上黑榜群妖，你要怎麼同時射出十九支聖箭？你教教我，你教教我啊，羅賓漢老友。」

「要對付這群酷刑者。」羅賓漢J眼光輕瞄過黑暗中這些身影，其中不乏他早已熟識的舊面孔，例如被五馬分屍的商鞅。「的確都要用盡全力，專注地射出聖箭，方能擊退之，連續射出十九箭，的確已經遠遠超越我的能耐……」

「所以，你打算怎麼做呢？我的老友。」查理王淡淡笑著，這笑容中有殘酷與身為王者的自信。「我知道你等這天等很久了，但我實在很怕……」

「怕……」

「怕，你又會重蹈覆轍，成為一具沒有任何用途的行屍走肉啊。」

「喔。」

「十九名酷刑者，不用客氣，全部給我……」查理王吼著，「給我朝死裡打！」

然後，羅賓漢J仰起了頭，他看見了十九種不同樣的凜冽光芒，長繩，長針，利爪，圓棍，鋸刀。

然後，他舉起了右手的長弓，接著，他做了一件事。

就是這件事，又讓門邊那些老戰友，又一次，忘記了呼吸。

右手，紮實的五根指頭，五根粗實指節，緩緩地，打開了。

如春天清晨嬌豔展開的花瓣，那五根指頭，優雅舒展。

當花瓣舒展，那原本象徵戰到最後一刻，堅持永不放棄的長弓，也就溫柔地落下了。

溫柔地，無聲地墜下。

然後這十九種刑具，也無聲地，溫柔地，沒有遭受任何抵抗的，全部穿入了羅賓漢J體內。

「羅賓漢J！老大！你瘋了嗎！」狼人T狂吼著，腎上腺素讓他壯碩肌肉鼓脹到極致，猛力往前猛衝，要撞入酷刑者人牆，搶下羅賓漢J的一命。

但他壯碩的肌肉，卻在奮力往前衝的那一瞬，頓了頓。

狼人T詫異，驚覺回頭，他發現這個足以阻擋自己全力衝刺的力量來自何處……

少年H的手輕輕一握。

少年H輕輕握住狼人T巨大肌肉，然後微微上提，一點巧勁，就讓狼人T宛如暴走卡車的力量，在原地空轉。

「你幹什麼！H！」狼人T嘶吼著，吼聲中甚至帶著哭音。「隊長，隊長老大又要……」

「……」少年Ｈ卻只是閉上眼，搖了搖頭。

這搖頭表示什麼？

狼人Ｔ不懂，但他發現另一隻手臂，又被另外一個人握住，這次纖細冰冷，這是吸血鬼女的手。

「吸血鬼女，妳也……」

「我也不懂。」吸血鬼女金色雙眸閃爍信任光芒。「但這是兩個我深信男人的決定……一個是羅賓漢Ｊ，一個是少年Ｈ，他們的決定，我會相信。」

「相信，就不進去救？」

「不，是相信。」吸血鬼女咬著下唇，顯然也壓抑著情緒，「然後等待勝利。」

相信，然後等待勝利？

狼人Ｔ還想要說什麼，但他的背後，也就是酷刑者車廂內，剛剛羅賓漢Ｊ身體被插落之處，就在此刻，再次發生了變化。

時空錯亂到某處，這裡是一間黑暗的房間。

羅賓漢Ｊ一人跪坐，彷彿等待著什麼。

直到，他前方一道柔和細瘦影子，籠罩。

「……」

「師父，還找不到。」羅賓漢J面色苦惱。

「……」

「如果找不到，我怕我醒不過來。」羅賓漢J低著頭，「這幾年，反覆，等待，反覆，等待，反覆，等待，就是找不到……那方法。」

「……」

「師父，我想知道那方法，若我再一次站在受刑人車廂時，我該如何取得勝利？」羅賓漢J閉著眼，「我想不通，我怕真的醒不過來……」

「……」這瘦長身影依然沒有回答任何話語，但這次卻有了動作，他伸出了枯瘦的手，輕輕撫過了羅賓漢J的頭，有如慈父對驕縱卻迷途的小男孩，那無限關懷的動作。

「師父……」

「……」然後，那瘦長身影的手輕輕翻轉，在羅賓漢J面前，輕輕寫了三個字。

「一……十……九……」

「一十九？十九？您的意思是……」羅賓漢J微微沉吟，「若我將來重回那車廂，將會面對十九個對手嗎？師父，十九個酷刑人，就算我學會了聖屍箭，我也無法一次射出十九箭，那我該如何？」

「……」這身影依然沒有回答，只是慢慢地將手指收攏，收攏成一團。

「這是……」羅賓漢J一愣，但聰明絕頂的他，卻又隱隱懂了，「這是，零的意思嗎？」

「……」影子沒有說話，只是嘴角，淡淡地笑了。

「零，所以是零？師父，到這裡我又不懂了。」羅賓漢J急了，「面對十九個能登上黑榜百大群妖的酷刑者，我卻只能出『零』的箭？這『零』的箭指的究竟是一種箭法？一種箭的名字？還是獨特的射箭方式？甚至是……」

但這影子這次卻沒有回答了。

他帶著高深莫測的淺淺微笑，消失在這黑暗的房間中。

房間中，徒留羅賓漢J一人。

原來這座黑暗房間，正是羅賓漢J，依然被華佗囚禁在白色棺木中，並透過聖佛的一滴血，製造聖屍之箭時……

時間，從回憶中墜回現實。

少年H等人推開門時，衝擊他們視覺的畫面，正是十九個酷刑人手持將他們自己凌遲致死的工具，朝著居中的羅賓漢J猛攻而去。

而羅賓漢J不但沒有急拉弓，狂猛射，反而舉起了右手，並在此刻將右手上的長弓輕輕放下。

沒有了弓，就沒有了箭，沒有了箭，就沒有唯一能逆擊酷刑者的聖屍之箭，而沒有了聖屍之箭，羅賓漢J等於……

非死不可。

但，真的是這樣嗎？

少年H急拉住狼人T，是因為他也懂了，那瘦長身影最後握住了拳頭，將「十九」轉為「零」的真正含意為何？

羅賓漢J閉上了眼，就在那十九種刑具碰觸他身體的瞬間，就在查理王狂吼之際，羅賓漢J笑了。

「聖佛的意思，我終於懂了。」羅賓漢J笑得溫柔。「最後一箭不是喪屍之箭，也不是聖屍之箭，而是無箭。」

撕裂人體的馬繩已然套上了他的脖子，打裂人體寸寸骨骼的圓棒已經擊上他的膝蓋，夾板已經狠夾住他的手指，長針已經要鑽入他口中，銅牛正散發高熱，要將他整個吞入……

而他只說了一句話。

「箭若代表戰。」羅賓漢J閉上眼，彷彿不在這片驚險的戰局中，而是在涼涼的秋天傍晚，買了一塊熱熱的烤餅，找了一張秋天樹下的長椅，和親愛的女孩共享手上的美食。

此刻，沒有戰。

就沒有戰。

「那這招就是最後一招。」羅賓漢J的眼睛睜開了，「『天下無箭！』」

天下無箭

若箭，代表戰爭。

若一把箭，就代表一條生命。

當箭被收起，戰爭，就從此結束。

這就是聖佛最後想告訴羅賓漢J的，走向爭強的路，沒有盡頭，打破一個受刑者車廂，一定還有下一個更強的受刑者車廂。

當箭沒有盡頭，不如就讓天下從此無箭吧。

「這是怎麼回事？」車廂中，率先傳來怒吼聲的，是查理王。「為什麼……為什麼……我的酷刑工具，打不到他？」

打不到他？

是的，十九具曾經盡情凌虐人體的酷刑工具，如今卻都揮空了。

羅賓漢J的身體明明還在，但那些酷刑工具，卻怎麼樣都打不到他。

「天下無箭。」羅賓漢J放下了弓，而他的周圍，出現一圈柔軟溫柔的藍光。「在我此圈以內，無箭，無戰……」

「為什麼？」查理王眼睛睜得好大。「這藍色光圈到底是……」

「是天下無箭的世界。」羅賓漢J一笑，「放下你們的武器吧，朋友們。」

就在羅賓漢這聲放下武器的同時，酷刑者們無法控制地鬆開了手，而當那些沾血的棍子，染血的繩子、板子、尖刺落地時，酷刑者們的表情也改變了。

那原本帶著被折磨致死的憤怒，痛苦，猙獰，緊緊糾結的五官，竟然在手心放開刑具的同時，慢慢放鬆了。

深皺的眉頭，舒展開了。

緊咬的牙齒，鬆開了。

扭曲的肌肉，軟化了。

最後，是那雙到死都不肯瞑目，要將這個世界的模樣，用無比恨意烙印入腦海的雙眼，也抖動了一下。

然後，慢慢地，慢慢地……慢慢地閉上了。

上眼瞼，下眼瞼，像是即將入睡前的窗簾，緩慢而悠長地，闔上了。

房間從此一片黑暗，終於可以睡了。

終於，可以好好睡一覺了啊，呼。

酷刑者手上的酷刑工具落下，臉上的猙獰鬆開了，雙眼瞑目了，身體也慢慢地往後倒下。

倒下時，臉上多了一個數百年來從未出現的東西。

那東西，叫做微笑。

砰砰砰砰砰砰……連續十八聲落下，酷刑者紛紛倒落，倒落之後，他們就這樣帶著微笑，化成了一個個道具。

「原來夢幻之門的地獄列車中，也隸屬於地獄遊戲啊。」羅賓漢J環顧周圍滿地的道具。「他們離開之後，會變化成道具。」

只是，這些道具似乎有些不同。

除了常看到的藥水、兵器、稀奇古怪可以賣到好價錢的道具之外……羅賓漢J還發現，每堆道具之中，都多了一個鑰匙公仔。

鑰匙公仔有的坐在五匹馬上，有的抱著一個大輪子，有的肩上扛著不成比例的大棍子，有的雙手夾著木板，宛如就是酷刑者們死前的縮小版。

但，每隻公仔表情生動可愛，就算身上扛著可怕的刑具，卻呈現一種讓人會心一笑的微妙平衡。

「這些公仔的模樣，表示你們的靈魂已經被淨化了嗎？」羅賓漢J蹲下身子，拿起了其中幾個鑰匙公仔，他嘴角也忍不住上揚起來。「痛苦結束了，恭喜你們，……」

「不過，公仔只有十八個，還獨欠一個……」羅賓漢J慢慢地抬起頭，看到最後一個，始終沒有倒下，也沒有被淨化的酷刑者，查理王。

「『天下無箭』，是嗎？」查理王目露凶光，「名字取得這麼炫，說穿了，不過就是結界吧，能夠淨靈的結界，就是你最後的招數？」

「查理王，你，究竟是怎麼死的，淨靈結界，對你怎麼會沒用？」羅賓漢J緩緩起身，那雙英俊的眼睛，定定地看著查理王。

「為什麼沒用？為什麼沒用？」查理王仰頭狂笑，丟掉手上刑具，張開雙手，朝羅賓漢J猛衝而來。

看著查理王的雙手，那十根指頭上雖然沒有半點鋒利的武器，卻透著一股鐵黑色的森森之氣。

見到這雙手掌，獵鬼小組中最擅近距離肉搏戰的狼人T，忍不住出聲提醒。

「隊長，小心，那一雙手，比刀劍還危險！」狼人T吼著。

「嗯，謝啦。」羅賓漢J已經感覺到這雙手掌的威力，那宛如超級暴風雨來臨前的壓力，已經將羅賓漢J完全籠罩了。「你的靈魂無法淨化，為什麼？」

查理王的雙掌，已經按在羅賓漢J的腦門和胸口。

「這問題，等你化成灰燼，再去問問另外十八個酷刑者，喔不，你們獵鬼小組的二號，那個叫什麼名字……叫雷的傢伙，他是上次地獄列車事件唯一掛掉的傢伙是吧？」查理王狂笑著，「在我的掌下化成灰燼吧，老宿敵，羅賓漢J！」

查理王的雙掌，從他還活著時，就已經赫赫有名。

年輕的他不只高壯英挺，更有極為嚇人的武藝，其中一項事蹟，就是他曾與獅子一對一廝殺。

最後查理王打敗獅子的方式更是駭人，他將一掌穿入猛獅的口中，就在獅子大嘴利齒，要將查理王手臂直接咬成兩截時……

獅子突然發出了奇怪的鳴聲。

而且隨著查理王的手慢慢抽起，獅子的鳴聲越來越奇怪，越來越尖銳，而當查理把手心完全抽出來時……

所有人，包括衛兵隨從甚至是敵方的臣子都愣住了，因為他們看見了查理王的手心，握著一枚鮮紅巨大，還在跳動的心臟。

查理王竟然硬是將手深入獅嘴中，然後將心臟直接掏出來？可怕的究竟是查理王的武力？是他的雙手？還是他敢伸入獅嘴的狂氣？

「原來，這就是獅子的心臟。」查理王大笑著，用力咬了一口還在抽動血淋淋的心臟，「看起來特別美味啊。」

隨著獅子壯碩的身軀砰然倒在查理王的腳邊，查理王的勇猛暴力之名，開始在這片土地往外擴散。

一個能徒手摘下猛獅心臟的國王，正君臨這片土地。

國王之名，便是獅心。

如今，這雙在陽世就能徒手摘下猛獅心臟的雙掌，已經一上一下，按住了羅賓漢J的腦門與胸口。

「結束。」查理王大笑。「化成糞土灰燼吧，俠盜。」

看著查理王的雙眼，羅賓漢J在這生死關頭，卻忽然笑了。

「我懂了。」羅賓漢J目光銳利如劍，「為什麼天下無箭無法淨化你了，因為你不是酷刑者，你不是受酷刑而亡的死者，你是酷刑的製造者！」

酷刑的製造者！

雙掌，陷入羅賓漢J的體內，而掌心，則爆發濃烈殺氣的墨色紫光。

「現在懂，有點太慢囉，咯咯。」查理王手的氣越來越強，越來越強，生前就足以掏挖出獅子心臟的五根指頭，死後威力更是恐怖百倍，就要把羅賓漢J的腦門與心臟挖出擠碎。

雙手五指越來越強，墨色紫光越來越濃，羅賓漢J牙咬著，全身沐浴在一片藍光之中。

五指沒有下去。

查理王的爪子，竟抓不下去。

「可視靈波？」查理王憤怒地獰笑著，「幾年不見，你已經變這麼強了啊？」

「『天下無箭』這一招，對你無效，因為你不是受酷刑而死的人，而是酷刑的製造者！」

羅賓漢J手一翻，那原本輕柔如蓮花的手掌，此刻剛硬如修羅之拳，緊緊握住了。

而他的拳心，正握著一把弓。

弓形如月，月勾長線，線底細羽輕顫，沿細羽而行，一把鋒利絕倫之箭錐，悍然現身。

「箭屬長距離武器，這麼近？你怎麼射箭？」查理王獰笑。

「怎麼射箭？怎麼會問我羅賓漢J，怎麼射箭呢？」羅賓漢J大笑，笑聲中，手上的箭，竟已射出。

以單手握弓，橫向一甩，有如手槍般，箭竟然就這樣以完美弧度，射向了查理王的眉心。

「好樣，單手射箭！」查理王冷哼，距離太近，表示此箭幾乎沒有任何的飛行時間，就已經抵達了目的地之前。

箭來得凶狠，來得鋒利，來得狠辣奪命，剎那，已經射中了查理王，而查理王壯碩身軀，也因此往後仰倒。

「沒錯，就是單手射箭。」羅賓漢J單手一甩長弓，帥氣十足。「數百年來的戰場定義，箭屬於長距離武器，一旦近身就會陷入險境，我就是要證明，這定義是錯的，於是我開發了單手射箭。」

此刻，查理王的眉心中箭，身軀仰躺著，沒有動。

「安息吧。」羅賓漢J在胸口畫了一個十字，就要轉身。「一箭而死，死得痛快，對你這樣的惡人來說，已經算是便宜你了。」

只是，當羅賓漢J回身，朝著少年H等人走來時，忽然看到少年H露出嚴肅的表情。

「怎麼？」

少年H罕見的沒有笑容，而是比著羅賓漢J的背後，然後說了兩個字：

「道具。」

「道具？」羅賓漢J一愣，隨即，他懂了。

他急忙回身，然後右手再次緊握，長弓上的利箭也在他回身的同時，已然搭上。

但，他的箭終究慢了一步，因為一隻大手，已經抓住了他的弓。

「你忘了遊戲規則嗎？親愛的宿敵羅賓漢啊，道具……」這隻手的主人，那屬於查理王粗獷而邪惡的五官，正在此刻獰笑。「人死後，可是會變成道具的啊。」

「你……」

「我沒有變成道具，表示，我根本沒死啊。」說完，查理王手一捏，五根手指竟透出鋼鐵般灰黑色光芒，然後當五指合一，整把弓竟然因此……爆裂！

弓爆裂，羅賓漢J只能鬆手，狼狽後退。

但他只退了一步，查理王的手卻又來了。

再一次，手失去了原本血肉的顏色，而變得墨黑如生鋼，生冷且不祥，朝著羅賓漢J胸膛抓來。

而且恐怖的是，當查理王的手越來越近，羅賓漢J竟感覺到胸口心臟跳動的速度開始扭曲……

彷彿查理王那冰冷不祥之手，對心臟有一種奇異的吸力，就要把羅賓漢J原本鮮活健康的心臟，吸入那隻大手中。

溫熱心臟落入鋼冷的五指之中，接下來呢？

羅賓漢J只是想像，都感到不寒而慄。

「再攻。」手已經到了羅賓漢J胸口，而羅賓漢J已經看到自己的胸膛，浮出了一枚心臟的印子，心臟，真的要被查理王的手吸出來了？

他現在能做的，絕對不是退，而是……反攻了。

只見羅賓漢J手一翻，又是一把弓。

只是這把弓色澤與第一把弓不太相同，上把弓木色較深，顯然是以森林深處千年老樹的支幹削製而成。

而第二把弓呢？卻是黝黑無光，沉重如鐵。

「第二把弓？」查理王一愣，而這羅賓漢J不知道原本藏於何處的弓，在他右手一甩，又是一次單手射箭。

這次的箭，也不似第一箭，箭錐就算是金屬，箭柄仍是木頭，這一把弓射出的箭，通體黝黑沉重，根本就是一把鐵箭。

「正是第二把弓，名曰鐵弓。」羅賓漢J帥氣單手射箭，臉上掛上迷人冷笑。「如何？身為一個森林俠盜，身上多帶幾把弓，也是正常的吧？」

鐵弓鐵箭，又是一次近距離射擊。

而查理王原本就不似貓女是以速度取勝的攻擊手，所以羅賓漢J的鐵弓突襲，又再一次命中了。

查理王往後一仰，也就是這一次，羅賓漢J終於看清楚了上一箭失手的原因……

因為，查理王還有一隻手。

右手是生冷不祥鋼色，而左手呢？卻是渾濁濃烈的朱紅色。

只是這隻手，不知道為何斷了一指，也就是最末的小指。

當羅賓漢J的鐵箭就要貫入查理王的眉心之際……就是他的左手，這團濃烈的朱紅色，疾追上箭速，然後五指一握，就這樣攫住了這一箭。

箭勢極強，距離極短，更夾著羅賓漢J的藍色可視靈波，查理王的一隻手，竟能硬生生抓下，實在不合理。

但就在查理王抓住的同時，一個細碎低沉的聲音，同時從他朱紅色左掌上傳出。

隨即他左手的無名指垂下……又斷了一根指？

「這是你的能力？用五根指頭的折斷，來阻擋任何攻擊？」羅賓漢J吸了一口涼氣。「難怪第一箭殺不了你，第二箭也是……」

「沒錯！這就是我能力的祕密，」查理王的臉，在他的左手，與鐵箭之後，陰冷地笑著。「右手抓取敵人心臟，左手犧牲五指成就最強防禦！」

「好樣的。」羅賓漢J笑，「難怪有如此自信？」

「沒錯，而當我擋住了你這波攻勢，該死的人，就換你啦！」查理王狂笑之間，右手再度如鋼鐵毒蛇般竄出，就要抓中羅賓漢J胸口。

同時間，羅賓漢J感到胸膛一脹，心臟就要破胸而出！

劇痛之中，羅賓漢J只能奮力地把手上的鐵弓朝查理王右手砸了下去，鐵弓插入了查理王右手與羅賓漢J胸膛之間，硬是承受了查理王右手的所有力量。

鐵弓砰的一聲碎裂，而羅賓漢J的心臟也在關鍵時候，沒有從胸膛被扯出，算是逃過了一劫。

「不錯嘛，」查理王狂笑，「但沒有了弓，你以為自己能還能躲掉下一擊嗎？」

說完，查理王再往前踏了一步，右手再次往前探抓，這一次，羅賓漢J的胸膛又赤裸裸地落在查理王恐怖的右手之下。

「沒有了弓？你在開玩笑嗎？我可是專業的俠盜弓箭手呢。」羅賓漢J再退，而他手心一翻，又是一把弓。

弓上搭著箭，箭鋒閃爍著危險的深綠色。

「你到底有幾把弓？」查理王怒吼，右手猛力前抓，「這是什麼鬼小說設定！」

右手前抓的同時，整個手掌爆發凶猛鐵灰色光芒，羅賓漢J再次感到心臟猛跳，就要被破胸而出。

為了自保，羅賓漢J一咬牙，只能繼續攻擊了。「當然還有箭，古銅之箭！」

深綠色，正是老銅的顏色。

在任何古老的文明之中，銅器比任何金屬都能保存得更久，因為它的不易氧化，讓它不易生鏽腐蝕，也讓它成為文明與強韌的代表。

古銅之箭的箭射出時，在空中拉出一條深綠色的線，箭，又是指向查理王的眉心。

「接住！」朱紅色的手，又強行攔截了這根古銅色的箭，然後，啪的一聲，又斷了一根中指。

中指折斷的同時，右手又貼近了羅賓漢J胸口幾分，心臟的形狀，從胸口浮出，而且心臟表面顫動，就要破胸而出。

「看你有幾把弓！」查理王表情猙獰，「出來，給我出來，羅賓漢J的心臟！我要捏爆你！」

「我還有弓！」羅賓漢右手再次翻轉，竟又翻出一把弓，但他表情也露出了痛苦，畢竟心臟已經快要脫體而出。「第四把，銀之弓。」

繼老木之弓、黑鐵之弓、綠銅之弓，如今在羅賓漢J手上的是純淨的銀，純淨到幾乎透明。

用力甩動，就算神情痛苦，姿勢依然帥氣的單手甩弓，甩出了銀箭。

銀箭夾帶深藍靈波，再次挑戰失敗禁地，查理王的眉心。

「你還有弓！我還有手指！」查理王嘶吼著，朱色左手一握，接住了這一箭，而箭上所帶的能量，也同時被食指吸收，斷掉。

心臟的形狀，也要從胸口完全浮出，不斷跳著，也不斷透露著要爆裂的死亡訊息。

「你還有手指，而我呢？則還有弓！」羅賓漢J有如魔術師，再次翻出一把弓，這把弓是金色的。

那是閃耀到刺眼的金，有如歷經深沉黑夜後，晨曦朝陽般的金。

金的箭，透過單手甩出的弓，要第五次挑戰絕死之地，查理王的眉心。

「最後一根手指了。」查理王吼著，每接一把箭，就斷掉一根手指，雖然對本體無傷，但依然會造成痛楚。「木、鐵、銅、銀、金……這肯定是最後一把弓了吧。」

啪的一聲，查理王的左手拇指也斷掉了。

金的箭，也終究沒有到達它旅途的終點，被查理王左手接住，然後隨手往旁邊一丟。

右手，也已經抓住了羅賓漢J胸口浮出的心臟。

五根指頭同時用力，從胸膛浮出，表面只剩下薄薄肌膚的心臟，也順應著五指的力道，開始變形！

心臟被捏住，所有的血流登時被截斷，腦部失去了血液的供氧，羅賓漢J的意識頓時開始模糊……

他還有弓嗎？

是的，一切如查理王所猜測的，木弓之後是鐵弓，鐵弓後是銅弓，銅弓之後是純潔的銀弓，而銀弓之後，則是羅賓漢J苦練多年而成的金弓。

金弓一出，的確代表羅賓漢J已經實力盡出，無所保留了。

五把弓，換去了查理王朱色左手的五根指頭，但指頭換盡，弓也已然耗完，當自己的心臟完全落入查理王的右掌掌心，羅賓漢J深切地感覺到死亡，再次如黑夜般完全將自己籠罩……

他會死嗎？

一如十餘年前的酷刑者車廂，他一箭一箭逼退了酷刑者，最後衝破他防線的是被五馬分屍而死的商鞅，此刻羅賓漢J的箭耗盡了，手上的弓也斷了，死亡，也順著商鞅的怒吼，如黑夜般，籠罩住自己的意識與全身。

這一剎那，羅賓漢J又想起了那個小房間。

黑暗房間中，他與無語老僧，再次相對。

這一次，羅賓漢J問的是……

「我雖能以天下無箭渡化苦難眾生……」羅賓漢J跪坐著。「但若遇到無法渡化之輩，又該如何？」

「……」黑暗房間內，那無語的老僧，依然無語。

只能從晦暗的房間光線中，隱隱感覺到老僧那滿臉的皺紋，還有那若有似無的表情變化。

「若是您，您號稱『我不入地獄誰入地獄』，『又稱地獄不空，誓不成佛』，以您捨身佛陀之姿，又會如何呢？」

「……」老僧依然不語，但他的手慢慢捏出了一個花形。

「拈花，微笑？」羅賓漢J皺眉，「是要我以善意微笑，應對這極惡之人嗎？」

「……」老僧沒有答話，但動作卻絲毫不變。

「不，不是這樣的意思，我一定是猜錯您的意思，拈花以待……」羅賓漢J恍然大悟，「蒼生得以拈花微笑，是因為世間萬般諸惡皆除，所以，你是要以明王之力將其滅盡嗎？」

「……」老僧終於緩緩放下手指，這一動作，似乎應承了羅賓漢J的猜測。

就算是佛，面對無法渡化之惡，面對燒盡蒼生的惡毒之火，也會動以明王之力，將其覆滅嗎？

「可，若那位無法渡化之人，其執意之深，惡意之強，就怕我手上已練成的五色之弓仍無法對應，我又該如何呢？」

「……」老僧不語，這次卻有了動作，他伸出食指。

「佛，您的意思是？」

「……」老僧的食指指尖，慢慢移動，最後比向了自己。

「自己？」羅賓漢Ｊ一愣。

「……」老僧的手，再次放下了。

「不是，我其實還不懂，」羅賓漢Ｊ急了，「佛，您比向自己的原因是？是我要做什麼？我該做什麼？」

但佛不再說話了，黑暗的房間，又逐漸淡去。

當黑暗房間完全消失，羅賓漢Ｊ又回到白色石棺內，安靜躺著如一具屍體。

就算他無法控制自己的身體，但當華佗帶回了聖佛之力，卻給了羅賓漢Ｊ的靈魂和思緒，與佛直接對話的機會。

只是，當房間再次消失，羅賓漢Ｊ仍留下了最後一個疑問，那就是……

若是遇到五色之箭無法應付的極惡之人，他該如何？

世間萬般諸惡皆除，方得以拈花微笑，但要如何除盡世間萬般惡呢？

羅賓漢J感到困惑，但他不知道這份困惑，卻是將來他突破自身極限的關鍵，以他來自西方世界的背景，在衝撞上東方我佛思維，更讓他體悟了越來越多自身限制，等到他真正甦醒，他才能真正與此刻的獵鬼小組並駕齊驅。

這十餘年的靜躺，不是白費。

因為他，遇到了佛。

只剩下最後一個謎題，當苦練的五色弓都敗下陣來，佛指向了自己，又指何事？

查理王的手，拉出了羅賓漢J的心臟，然後五指猛一用力，要徹底了結這段糾纏百年的恩怨。

只是，當他的手用力握緊，那柔軟心臟如水球般將被擠破的觸感，就要帶給他進入地獄以來最大快感之際……

他的眼睛陡然睜大了。

「我他媽的，」查理王臉上的神情，是揉合了驚駭、憤怒、荒謬，還有可笑的綜合體。「還可以這樣搞啊？」

他的動作停了，因為他的胸口，多了一個大洞。

這個洞很大，大到足以讓一個身材標準的成年男子橫穿而過。

是什麼東西創造了這個大洞？事實上，就是一個身材標準的中年男子。而洞的後方，多了一個男人，身穿綠長衣，身材高䠷，五官俊俏。

「佛的意思，我終於懂了。」這男人輕拍了幾下肩膀，吐出了一口氣。「過去是我太過限制自己了，弓不一定要是木頭、鐵、銅、銀，甚至是金……任何一物皆可為弓，而任何一物也皆可為箭……」

「所以，你竟然……」查理王的肚子被穿了一個大洞，而他最強防禦的左手，五指皆斷，已經沒有任何抵禦能力。「用這樣的材料當成弓箭！竟然用你自……」

「是的。」羅賓漢J一笑，「最後一箭，是人之弓，而我就是那個人。」木之弓、鐵之弓、銅之弓、銀之弓，到金之弓，當五色金屬材料已然用盡，還有什麼可以為弓？

佛的答案，也就是羅賓漢J此刻找到的答案。

那就是人之弓。

也就是羅賓漢J自身。

數秒前，當羅賓漢J在心臟就要被抓爆的瞬間，終於領悟了佛的意思，生死邊界已然逼近，他也無暇再想，他閉上眼，靈氣由上而下快速遊走，然後他想著：「我即是弓，弓即是我，我亦是箭，箭亦是我……」

接著，羅賓漢J全身變得鋒利異常，一個縱躍，他化成了弓，也化成了箭。

並耗盡了無所不包，卻也無堅不摧的聖佛之氣，穿向了查理王的身軀！

就在下一秒，當羅賓漢J再次有如人類般平穩落地，查理王的胸口，已經多了一個偌大的空洞。

這是被箭穿過去的洞，而那把箭，就是羅賓漢J。

這場跨越了數十年，數百年的恩怨對決，終於在此刻，真真正正的分出了勝負。

「我，不甘心！」就在同時，查理王張開雙手，憤怒狂吼，吼聲震動整個車廂，然後周身突然出現濃烈黑氣。

「嗯？」羅賓漢J皺眉。

「我不甘心，我不甘心，撒旦，你說好的必勝呢？」查理王的吼聲類似尖叫，也有點像垂死獅子的哭嚎，「你說好的必勝呢？沒有必勝？我還要願望！我還要！」

撒旦？

聽到這兩個字，現場所有的人悚然一驚，對，幕後黑手撒旦還在啊！

而同一時間，列車上的廣播系統又傳來了沙沙的聲音，然後是撒旦清朗優雅的嗓音，「咳咳，我還真是忙，一會是木乃伊求救，一會又要應付阿努比斯這廝乒乒乓乓的鬧事，對了查理王，你要許願？」

「對！」查理王怒吼著，「我還要願望，我要變得更強，更可怕，我左手防禦不要只是五指，我要十指，一百指，而我右手攻擊不要只是能吸抓對手心臟，我要直接把羅賓漢J整個身體碾碎！」

「嗯嗯。」撒旦的聲音從廣播中回了出來。

「有聽到嗎？撒旦，這就是我的願望！給我！我要屠殺整個車廂！」撒旦狂吼著。「給我願望！有聽到嗎？」

「嗯嗯，我正在聽呢。」撒旦的聲音傳來。「簡單來說，你要更強的能力，來屠殺羅賓漢J，是嗎？」

「正是！快給我！快！」

「很抱歉，」撒旦的聲音帶著冷淡的笑意，「我做不到哩。」

「做……做不到？」

「你知道我的願望，是要用許願者最珍貴的部分來交換的嗎？」撒旦的聲音笑著。「你覺得，你還有什麼東西可以和我交換嗎？」

「我，」查理王睜大著眼睛，這剎那，他什麼話也說不出來。

「不然你說說看啊，你有什麼東西可以用來交換願望？」撒旦的聲音越來越冷。「說來聽聽啊。」

「我，我……你給我力量，我可以狙殺這車廂所有的人，我可以幫你擋住他們，我，很強的，給我，力量。」查理王聲音轉弱，一點都沒有原本狂霸王者的傲氣。

「給你力量，你可以狙殺車廂裡的每個人？你傻了嗎？」撒旦冷笑著。「你連羅賓漢J都搞不定，你知道車廂中還有誰嗎？吸血鬼女、狼人T、貓女、少年H，你有看他們出手嗎？」

「我……」

「算了吧。」撒旦笑著，「讓他們來下一節車廂，老子自己動手吧，我替他們準備的菜，他們絕對吃不下來，喔，應該說，整個地獄沒有人能夠吃得下來的。」

「那我，撒旦老大。」

「你喔。」撒旦的聲音，在廣播中狂笑著。「去死吧。」

你，去死吧。

然後，廣播的聲音，停了。

撒旦切斷了廣播，車廂內，也在此刻，陷入了短暫的靜默。

直到查理王的一聲狂吼，然後他像是瘋了般，帶著他破了一個大洞的胸膛，朝羅賓漢J衝來，「我要殺了你，殺了你們，我是酷刑的製造者啊，我創造了上百種酷刑，我如此窮凶極惡，怎麼可能會落到這種田地？」

「你知道為什麼嗎？」羅賓漢J輕輕側身，就避開了查理王的衝擊。

「為什麼？」此時的查理王不只最強防禦被破解，最強的右手也因為方寸大亂，而失去了任何威脅性。

「因為，身為王者，最需要的，就是一顆體貼別人的仁者之心。」羅賓漢J一笑，趁著查理王往前衝時的重心不穩，輕輕將他帶向了列車的牆壁方向。

「什麼仁者之心？放屁！」查理王被羅賓漢J一帶，整個身體撞上了列車牆壁，他呻吟了一下，就要再次朝羅賓漢J方向反撲。

「想起來？別忙……」羅賓漢J微微一笑，忽然低身，一手快速撿起剛剛的木弓，一手撿起剛剛被折斷的木箭，然後以彎腰低身的姿態，射出一箭。

箭速極快，眨眼就到，而此時心神俱喪的查理王反應慢了一步，就這樣被箭釘入牆壁之中。

「想殺我？用這樣的方法，還不夠啊！」查理王身體被釘在牆上，右手抓箭，就要拔起。

「我會永遠追著你，糾纏你，讓你……」

「別說永遠。」羅賓漢J一笑，「接下來你遇到的事，千萬別說，永遠。」

千萬別說，永遠。

「咦？」查理王一呆，忽然間，他看見他胸口的箭，竟然發出了淡淡金光。

雖然微弱到幾乎不可見，但確定是聖佛之氣。

這麼微弱的聖佛之氣，應該無法令查理王重傷，更何況，查理王只要一拔箭，箭的傷害力頓時歸零，若是這樣……羅賓漢J又為何要射上這一箭？又為何要說，千萬別說永遠？

「因為，這一箭不是為了傷你。」羅賓漢J閉上眼，搖頭。「而是為了治癒你。」

「欸？」

「因為，你就靠在地獄列車的牆壁上。」羅賓漢J的目光，帶著懲處惡人的堅定，「而地獄列車的牆壁，向來最討厭，有人靠著它不動。」

地獄列車的牆壁，向來最討厭，有人靠著它不動？

「啊……」查理王就在這一剎那，看見了自己的身體，竟然開始爆裂出點點金光。

這金光，顯然來自於，地獄列車牆壁上的終極禁咒。

沒有任何人知道這輛列車上的禁咒出自誰手？只知道那是極為古老，極為古老，古老到甚至超越了千年大神對世界的認知，也許只有聖佛知道，這咒文的創始者是誰？

咒文古老，威力卻是無比強大，由三層主結構組成，每層咒語之中，又有細緻綿密的三層咒語防護，而往內探究，更還包含了另外三層，三層之下，還有三層……層層相疊，宛如一張巨網，乍看之下鬆散，卻是完美得毫無縫隙。

不只如此，當年地獄政府的蒼蠅王曾派人花了百年研究地獄列車上的咒文，更發現此咒文不只綿密交織如地圖迷宮，當探究到某一層咒文，竟然又回到第一層的主架構？

它會回溯循環？

換句話說，每一道試圖突破咒文的攻擊，在經過千絲萬縷的咒語結構之後，又會有部分回到攻擊者身上，也代表若攻擊者不停止攻擊，這咒文將會如大自然的水滴，由高空到大地，由大地到海洋，自然循環，永不終止。

就是永遠。

而此刻的查理王，就這樣被聖佛之箭釘在牆上，咒文已然啟動，在狂暴咒文與堅定的聖佛之箭下，查理王已然無力拔箭。

一旦無力拔箭，攻擊者就只能不斷壓迫著地獄列車之牆，並且毫無掛念的啟動了……咒文的自然循環。

「啊啊啊啊啊！」當地獄列車牆上的巨大能量開始反擊查理王，他忍不住發出疼痛的呻吟。

這樣的疼痛，是過去一直擔任「酷刑創造者」從未經歷過的……

因為，那並不是一般的疼痛。

這疼痛來自地獄列車，地獄列車的咒文繁複奇詭，創造出完全不同於過去人類認知的疼痛，那是集合了第一層咒文的劇痛、第二層咒文的急癢、第三層咒文的冷麻……後三層的火燒、冰裂、重錘，再下三層的乾枯、水淹、煙嗆，再更內三層的斷骨、掏腦、切胸……

然後，更可怕的，它還會回溯。

那千百種痛苦，有的單獨出現，有的伴隨七八種疼痛一起現身，有的在查理王的胸口，有的攻擊腦部，有的專走四肢，有的則在內臟之間忽隱忽現……

生不如死，死，更不如生，查理王這魔王等級的混蛋，短短幾秒內，就發出了哀號。

而更令人驚奇的還在後面，就在查理王即將被地獄列車牆壁的千百種疼痛擊殺時，他胸口的那把箭，竟然發出了溫和的金光。

聖佛之光，它做了什麼？

它，修復了查理王的軀體。

「不要！」查理王看見自己被地獄列車弄到殘破的軀體，竟在聖光下復原，他再次慘嚎，因為他太清楚，這是什麼含意……這是身為酷刑創造者最愛的一件事，但也是受刑者最終極的折磨，那就是，永遠。

永遠不死，那就是代表永遠無盡的酷刑。

聖佛之光不消失，查理王將永永遠遠，生生世世，受到地獄列車牆壁上繁複奧妙精采的咒文攻擊，永遠不停。

「我剛不是說過，千萬不要提永遠嗎？」羅賓漢J目光如電，「永遠，才是最後的酷刑啊。」

「混蛋！你這該死的雜種！我查理王一定不會放過，永遠不會放過……」

「就像愛情與戀人，千萬不要說永遠啊。」羅賓漢J嘆氣，同時，查理王就在快要被地獄列車咒語轟擊致死之際，又被聖屍之箭的靈氣給救了回來，但隨即又在咒語下攻擊到垂死，接著，又被硬救回來。

短短的數分鐘內，查理王就這樣垂死又活，活又垂死，經歷上百遍。

被地獄列車咒語轟擊的痛苦，也就像永無止境的深淵，經歷了上百遍。

「啊啊，啊啊……啊啊……」查理王雙目突起，張嘴哀號，如此強橫殘忍的他，如今也承受不住這永無止境的痛，上百次，生，死，生，死，劇痛，垂死，虛弱，康復，卻又再次在死亡邊際徘徊……

這一切，全拜聖屍之箭的力量強大到足以和地獄列車咒語抗衡，才能讓查理王處於這要死不死的最終狀態。

「如此永遠酷刑，不是我們獵鬼小組的風格。」羅賓漢J慢慢走到了查理王面前，從背上抽出了一把箭。

然後彎腰，就插在查理王的面前。

「混蛋羅賓漢J，我不會放過你，等我離開這，我一定會想出更可怕變態的酷刑，我一定要……」

「這一把箭，你剛也遭遇過，這叫做『天下無箭』。」羅賓漢J抬頭，注視著正被地獄列車炸裂了頭顱，但手腳卻被聖屍之箭修復完畢的查理王。

「天下無箭……」

「沒錯，就是這一箭，剛剛渡化那些被酷刑折磨致死，償清了自己罪孽，並且領悟善惡之理的酷刑者們。」羅賓漢J慢慢地說著，「當時這一箭，淨化不了你，你還記得嗎？查理王。」

「哼，什麼淨化……啊啊，」查理王說到一半，頭顱又被地獄列車的咒文燒裂，沒了頭，自然沒了嘴，就暫時無法說話。

「你耳朵還沒燒掉，我就當你聽得到，那我繼續說……」羅賓漢J說著，「天下無箭能淨化的靈，是已經償清自己罪孽，並領悟善惡之靈，現在你也受著無盡酷刑，若當你有天領悟了這一切，天下無箭就會發生效果，就能讓你從這無盡的酷刑中解脫，懂嗎？」

「解脫嗎？」查理王的舌頭長出來了，但牙齒和下唇卻還沒修復完成，講話有點含含糊糊。

「是，『天下無箭』會淨化有罪但懺悔的靈魂，你是嗎？查理王。」

「我，我是！」查理王眼睛一亮，張開雙手，表情低調虔誠，「我已經懺悔了，我不會幹壞事，我也受足夠了酷刑了，淨化我吧，饒恕我吧！」

當查理王這麼講時，地上被賦予『天下無箭』的那柄白羽箭，發出微微藍光，然後……

沒有反應。

藍光瞬間消散，白羽箭輕輕顫動，卻什麼鬼靈力結界都沒有放出來。

「看樣子，你不是誠心懺悔喔。」羅賓漢J搖了搖手指，「我這數十年的靈力結晶『天下無箭』可沒那麼容易被騙喔。」

「沒那麼容易被騙……吼！」查理王下一秒，面孔頓時從虔誠變得猙獰恐怖。「那我還是要殺了你！我還是要繼續想出更多酷刑！更多！更多！更多更多更多！」

「那，你就永遠不可能從『天下無箭』之中，得到救贖。」羅賓漢J嘆了一口氣，「這輛綿長無盡，在地獄與人間往返穿梭的地獄列車，是永遠不會停止的，代表其牆上的咒文，也永不會停止，我期待你，有天能夠逃脫這宿命。」

我期待你，有天能逃脫這宿命。

說完，羅賓漢J轉身，朝著他的夥伴們走去。

「走囉。」

「嗯。」其餘的獵鬼小組，依序走過被聖屍之箭釘在牆壁上的查理王面前。

看著在地獄列車咒文之下，身體同時承受各式各樣痛苦，火、冰、痛、窒息、掏心挖肺，裂腦鑽骨，但又不斷被聖屍箭修復的查理王。

所有人都沉默著。

然後眼睛又瞄向插在地上的那半截白羽之箭。

「雖然你真的是我見過最爛的壞人之一，但我還是希望你能趕快反省。」狼人T自言自語著，「快點讓『天下無箭』能夠認同你啊，不然真的有夠慘的。」

所有人的腳步，又在同一個地方停了下來。

那是一道門，一道負責連接車廂與車廂之間的門。

「眼前，就是第一節車廂了。」吸血鬼女開口，聽得出她的聲音冷靜中，帶著些許激昂與興奮。

「是的，終於要到了，終於逼近……」少年H的語氣悠然且深遠，「我們這趟旅程的最終點了。」

第十五章　所有獵鬼小組最恐懼之人

「在進去之前，有件事我想請大家先回憶一下，你們還記得，在第一節車廂，我們遇到什麼敵人，發生了什麼事嗎？」吸血鬼女手握門把，回頭詢問所有人。

「有印象。」狼人T說，「這一節車廂裡，有著招喚恐懼事物的小丑牌，在他的策動下，招喚了黑榜十六強中的梅花J，圓桌武士蘭斯洛。」

「就是這蘭斯洛，讓獵鬼小組缺了一號嗎？」貓女輕輕哼了一聲，「不過，小丑牌之前就被阿努比斯宰啦，我不相信撒旦有能耐把死者的死者喚醒。」

「死者的死者嗎？撒旦應該不會把小丑牌找回來。」少年H搖頭，「但按照過去慣例，因為每節車廂都有自己的屬性，例如海洋車廂與良善靈魂車廂，撒旦應該不可能設計差距太大的難關。」

「那我們會在第一節車廂遇到什麼？」狼人T說，「撒旦準備了什麼在等我們？」

「不知道。」少年H搖頭。

「不知道。」羅賓漢J也搖頭。

「不知道。」吸血鬼女也搖頭。

「不知道。」貓女也搖頭。

「不知道。」狼人T也搖頭。

「……」唯獨沒有說不知道的，反而是一路跟著獵鬼小組，吸哩呼嚕衝到最後一節車廂的馬面。

他披著一頭金棕色披肩的柔細馬鬃，沉默凝視著第一節車廂的門，似乎在沉思著什麼……

「馬面，你的看法呢？」吸血鬼女注意到了他的沉默。

「……」

「馬面？」

「……」

「馬面！」吸血鬼女聲音放大，喊出了馬面的名字，而同時間，馬面則像是嚇了一跳般。

「幹……幹嘛？」

「你剛睡著了齁？」吸血鬼女睜大眼睛，「對欸，你的嘴角還濕濕的，口水擦一下好嗎？」

「呃，好，對不起。」馬面連忙用衣袖用力擦了擦嘴角，「沒問題的，絕對是因為連闖十二個車廂實在太耗體力了，有點愛睏，睡一下就好了！沒問題了！」

「沒想到遇到這樣的難關也可以睡，真不知道你到底從哪裡來的？也佩服你可以和我們一起走到這裡……」吸血鬼女嘆氣。

「呵，先不管我們之中有一個不知道從何而來的馬面，至少我們幾個獵鬼小組，是全地獄，最能接受『不知道』三個字的隊伍。」羅賓漢J一笑，也伸出了手，並用力往前一推。「因為每次任務，都從『不知道』開始，而我們總能順利完成任務。」

當羅賓漢J的手一用力，車廂門嘎的一聲，在列車前進時的轟轟震動聲中，被推開了。

隨著不斷拓展而出的畫面，所有的人，看見了第一節車廂的全貌。

走廊中央一把椅子，一個男人，蹺腿而坐。

長髮紮成馬尾，五官俊秀，比男子更加英挺，比女子更為娟秀，純淨中帶著一抹邪惡，邪惡卻又如此迷人讓人心甘情願的墮落。

他，會是誰？自然就是……

「撒旦！」獵鬼小組異口同聲。

下一秒，所有的人都擺出了備戰姿態，少年H雙手舞出火太極，吸血鬼女咧嘴閃爍淬藍之牙，狼人T雙手握拳閃亮白毛，羅賓漢J彎弓搭上聖屍之箭，貓女溫柔殺意一笑，雙手是桃紅色光芒下的鋒利雙爪。

所有人，都打出了最強絕招的準備，只因為他們都知道，他們此刻面對的，將是這場遊戲最後一個王，四張Ace中排行第三，陰謀詭計排行第一的……

鑽石A，撒旦。

「你們剛說，這節車廂原本最難纏的對手是小丑，他的能力是什麼？招喚最恐懼的人？」撒旦蹺腳而坐，姿態卻如此優雅。「你們說，幸好他不在了？」

「嗯。」眾人看著撒旦，一時間無法分辨他所說何事？

「說到『招喚最恐懼之人』這樣的能力，對我這個專門賣願望給他人的鑽石A而言……

又有何難呢？」撒旦伸出手，比著眼前的獵鬼小組們，「讓我來猜猜，你們最恐懼的人，會是誰呢？」

看見撒旦眼光泛紅，背後湧現宛如潮水般，微微扭動，七彩絢麗的彗星光芒。

「最恐懼的人……」

「要招喚這人，還真的頗不容易，得所有的人，也就是全部獵鬼小組一起害怕才行……」撒旦的手輕輕舞動，動作優雅而輕盈，但從他手勢中，可以感覺到他的靈氣不斷升高，要招喚的人物究竟是誰？竟讓撒旦要花去這麼長的時間預備？

「不要看他，也不要想！」吸血鬼女見狀，尖聲喊道。「不要想自己怕什麼……撒旦會趁機進到我們的內心……」

「不要想？」撒旦的眼光仍是紅的，紅得有如寶石般美麗，而他的手揮舞著，有如雨後天空上的絢麗彩虹。「你們以為不要想，就可以躲掉我對你們內心的窺視？妳也太小覷我這古往今來……最會賣願望的男人了吧？」

而就在撒旦背後的彗星光芒陡然發亮之際，獵鬼小組，他們看到了車廂之中，一個人影正隱隱成形。

這人影身材不高，乾乾瘦瘦，頭頂無髮，一身破舊袈裟，外表看似老邁老人。

但光看到這身影，所有的人，卻都在同一個時刻，忘記了同一件事。

那就是，呼吸。

因為這個老邁身影，是真真正正打中他們心中最深的恐懼，這樣的重擊，就算是少年H，就算是吸血鬼女，就算是狼人T，就算是羅賓漢J，都會無法控制的忘記呼吸。

因為，他們都認出來了，他曾經赤著雙足，雙手合十，無聲滅殺三百多萬玩家的佛，是聖佛，亦是魔佛。

就是魔佛，讓吸血鬼女以自己生命為代價，只為梳下祂的一綹長髮，與祂近距離接觸的那數十秒，是吸血鬼女這百年歲月來，最接近死亡的時刻，不，這不是接近死亡，而是對死亡來臨的絕對無力感。

無力感，更化成吸血鬼女心中深處恐懼的來源。

當吸血鬼女呆著，魔佛的雙手，已然成形。

狼人T也同樣的忘記了呼吸，他也曾參與那場梳髮的戰役，戰役中狼人做得極為精采，他用白毛化的雙臂，緊抱住了魔佛，狼人T的勇猛，成為戰役的經典畫面，但卻也同樣將恐懼烙印在狼人T心中。

更正確的說法是，烙印在狼人T的每個細胞之中，他身上擁有的野獸血緣，本來就是用身體來記憶痛楚，來提升反應的速度，而魔佛賦予狼人T身體的記憶，卻不只如此，魔佛直滲入狼人T的基因之內，讓狼人每一個後代都難忘此人的強大。

魔佛的力量，就是這樣恐怖，這樣駭人。

當狼人T呆著，魔佛的雙腳也跟著成形。

羅賓漢J雖然沒有參與梳髮之戰，但他的恐懼，可能是所有人之中最深的，因為把他從白色石棺中拉醒的力量，聖屍之箭，就是從魔佛身上取得的細胞……

因為羅賓漢J正在使用這能力，所以他才懂，真正的懂，此人的力量，究竟到達了什麼境界，如今，這老邁身影竟然被招喚而來，羅賓漢J恐懼的是，他們真的要和魔佛打一場嗎？那是絕對絕對不可能贏的啊。

而當羅賓漢呆著，同時間，魔佛的軀幹已然成形。

貓女也恐懼魔佛，但她恐懼的原因與他人稍有不同，而是此人曾經與少年H的軀幹融合形成了入魔之佛，入魔之佛外型慈悲但手段冰冷強大，代表的正是少年H的迷失墮落，而這少年H的墮落，正與貓女自己的死有關……貓女不怕死，但她怕的是與摯愛分離，而魔佛一出現，往往就是分離的時刻到了。

當貓女憂慮之時，魔佛的軀體增加了心。

現在的魔佛，只剩下最後的頭部了。

而少年H呢？

這個總是面帶輕鬆微笑，總是算無遺策，總是以平靜態度面對所有困難的男人。

他內心深處最恐懼的，也是魔佛嗎？

這一次他沒有笑，只是凝視著前方，那頭部與五官依舊模糊的乾瘦人影……

然後，少年H笑了，只是這笑容不似往常輕鬆，帶著一種苦味。

「果然，還是瞞不了自己啊。」少年H苦笑著搖了搖頭。「我最怕的人，也是你……魔佛。」

我最怕的人，也是你啊，魔佛。

少年H沒有想什麼，曾經與魔佛合為一體的他，就算不去想，靈魂也會誠實的回答撒旦的問題，「究竟最怕的人是誰？」而靈魂所答也就只有這兩個字：「魔佛。」

少年H的苦笑過去，魔佛的頭顱終於清晰，連同那平凡的五官、微凹的雙頰、消瘦的下巴，全部都呈現了出來，只是……還少了一點東西。

眼睛。

魔佛的雙眼，是深邃無光的黑色，像是兩個尚未被填入的小洞，透露著古怪的氣氛。

看到魔佛身體尚未成形，所有人都先是一呆，然後像是想起什麼似的，看向了一路莫名其妙跟著跑來，號稱「鬼卒界金城武的」的那個人……馬面。

「你是誰……」吃驚的不只獵鬼小組，連撒旦也露出同樣訝異的神情。「為什麼，你能干擾這個願望？這個願望明明就是給『獵鬼小組』的啊？神非常難以招喚，所以必須全部的人一起許願……但你明明就不在許願名單裡面啊？」

「許願名單是『獵鬼小組』嗎？」馬面看著撒旦，臉上露出似笑非笑的古怪神情。「所以，只要是獵鬼小組，都可以參加這一次『猜猜我最怕誰』的恐怖體驗營嗎？」

「是啊，但獵鬼小組，所有成員都在這裡了啊，一號羅賓漢J、三號吸血鬼女、四號狼人T、五號少年H，以及自行加入的六號貓女……」撒旦疑惑著，「我早就知道他們畏懼的人是誰，所以特別用上我的本命靈氣，就是為了招喚聖佛的另一面……魔佛！」

「原來是這樣，」馬面依然笑著，「這一切都是你算好的啊？」

「嗯，是我算好的啊。」撒旦露出罕見困惑的神情，畢竟這一棋他佈了好久，應該是百分之百穩當才對？「這一節車廂的鎮守者，是古往今來最強的佛，無論獵鬼小組再厲害，都不可能通過這裡……為什麼，為什麼你能干擾我？為什麼，為什麼你能干擾我？這是我佈下最精采的一局啊！」

「我為什麼能干擾你？」馬面搔了搔頭。「嘿，我想，我好像知道了耶。」

「咦，你知道了？」

「原因大概有兩個，」

「兩個？」

「第一個，因為我恐懼的人物，並不是魔佛。」馬面聳肩，「我怕的人和其他人不同，真抱歉勒，因為我沒遇過魔佛，所以我不知道他的可怕，他真的很可怕嗎？」

「哼，你沒遇過魔佛，當然不知道他的可怕，」撒旦瞪著馬面。「然後，第二個呢？」

「第二個，是源自你自己的設定，為了強化願望本身的強度，所以有『獵鬼小組都必須畏懼的人』的限制，偏偏所有問題就在……」馬面撥了撥金棕色馬鬃，「『所有獵鬼小組都必須畏懼的人』這句話……」

「嗯。」撒旦看著馬面，那雙帥氣的血紅眼睛，眨動兩下。

「那我來告訴你答案好了。」馬面的手臂朝前，手指前伸，比向了只差一雙眼睛，就完全成形的魔佛形態。「因為，」

「因為？」

「獵鬼小組之中，我排行No2，」馬面笑了，笑得很開心，像是惡作劇的小孩。「我，就是幽靈騎士，雷。」

幽靈騎士，雷？

聽到這名字，現場所有的人，腦海都共同浮現了一個人的形象。

一個說話總是尖酸刻薄，紅著鼻子的糟老頭，但這老頭脫下了偽裝，卻是一名高大威武的金髮武士。

這名金髮武士，曾隸屬於亞瑟王的圓桌武士，更是歐洲武士中永恆的傳奇之一，當年這張圓桌的武士，執起劍，將陷入黑暗混亂戰爭的歐洲，回歸一統。

而圓桌武士中有能武能文，有光明有陰暗，有純正固執，也有正邪難辨……

而這些改變歐洲大陸歷史的九十九名武士們，更有少數武士位列圓桌前位。

雷，就是其中一位。

他的武術並非皇室正宗，而是源自於山林原野，從小被皇室遺忘的他，一手短龍紋長槍，講究爆發力強悍的瞬攻，能在眨眼間，越過十餘公尺，然後將龍紋長槍精準的貫入敵方咽喉。

而雷之死，則是死得冤枉。

手無寸鐵的他，面對陷入瘋狂狀態的圓桌武士蘭斯洛，雖然無懼地與其交戰，終究被蘭斯洛的湖上之劍所殺，進入了地獄中。

地獄政府欣賞雷的武藝，便將其收編入地獄獵鬼小組中，名列編號二，從此加入漫長的獵鬼征戰。

當年地獄列車之戰中，雷就是在這一節車廂，看見了他的宿敵，蘭斯洛。

蘭斯洛武藝是圓桌武士之首，他墮入地獄之後，不但沒有加入濟弱鋤強的獵鬼小組，反而加入了黑榜群妖，從此成為惡名昭彰卻又令人畏懼的……黑榜十六強之一的，梅花J。

車廂內的這場戰役，實在慘烈。

蘭斯洛生前武藝已經不在雷之下，死後更取得黑榜的禁忌力量，讓他的危險性更上層樓，雷完全無法抵擋蘭斯洛的劍，被打得節節敗退，眼看就要命喪車廂之中。

就在此刻，雷以自己的生命為代價，打出了最強的一招。

面對如此強橫招式，蘭斯洛自覺會贏，而選擇了保護自己，而雷為了信念而放棄生命，在截然不同的心態下，戰局因而逆轉。

龍紋槍，貫入了蘭斯洛的咽喉，同時間，這把湖中劍，也穿入了雷的心臟。

「同歸於盡」，是這場對決最後結局，同時也讓雷這個名字，從此消失在地獄獵鬼小組之中……

死後再死後的世界，究竟是什麼？這是一個連地獄政府、地獄魔神、地獄眾生都無法回答的問題。

因為無法回答，也因為從來沒有人能夠從「死後再死後」的世界歸來，因此，所以只能說，那世界不存在，那是絕對的灰飛煙滅，絕對的空白與絕對的分離。

但，如今這絕對的灰飛煙滅、絕對的空白與絕對的分離，卻有了一個令人驚奇的巨變。

那就是，雷，回來了。

地獄獵鬼小組二號，諡號幽靈騎士的男人，雷，竟然回來了。

而且，就站在這通往夢幻之門的第一節車廂內，神奇的，破解了撒旦所埋下一個無可破解的局。

最恐懼之人。

「幽靈騎士雷啊。」撒旦咬著牙，此刻的他，頭上利角浮現，背後七彩彗星光芒張狂，

「你，到底是怎麼從另外一個世界，滾回來的啊？」

魔佛沒有成形，威脅就少了許多，又或者說，祂已經毫無威脅可言。

這尊耗去撒旦大量靈力，並加上超級限定條件才完成的作品，因為馬面的出現，而被完全破壞了。

「魔佛沒有成形……」在羅賓漢J俐落的一聲令下。「獵鬼小組們，動手吧！」

六個人，六種招式，同時啟動。

羅賓漢J深藍可視靈波湧現，剛才與查理王血戰時耗盡的弓箭，再次形成於他手中，一個完美的拉弓放箭，一把凌厲之箭，已有如惡夢先鋒軍，以雷霆萬鈞氣勢，直直朝前。

吸血鬼女位在箭的右側，身體盤旋如舞，舞動之間，一對翅膀有如斧鋒盤旋，斧鋒之間混雜著真正凶狠的武器，淬藍之牙，

狼人T位在箭的左側，在怒吼聲中，他雙爪如刀鋒般伸出，伴隨壯碩肌肉和霸氣十足的狂奔，有如要輾壓大地的瘋狂坦克。

位在吸血鬼女後方的，是少年H，他一手負於腰後，看似悠閒實則速度迅捷如電，而他的手掌隱隱透出黑白兩色光芒，正是太極靈氣蓄勢待發的徵兆。

在箭的左後側，是擁有極致速度的貓女，但她此刻並沒有發揮其強勢的速度，反而不疾不徐地緊貼在狼人T之後，但她全身散發著桃紅色靈氣，反而讓她的緩慢變得可怕。

因為緩慢，所以才無法預料她何時會展現其驚人的速度爆發力，瞬間割取敵人首級。

最後一個，則是馬面，又或者該還給他真正的名字，幽靈騎士雷。

他這次不再手持鐵鏈，手一翻，手上鐵鏈宛如月夜中惡龍攪動，攪出一把墨黑色，精鋼所鑄的長槍，龍紋槍。

「叫我金城雷。」馬面左腳往前蹬去，右手緊握龍紋槍，邁步狂奔。「來囉，龍紋槍。」

六種就算單獨使出，都足以主宰地獄戰場的招數，如今全部集中到同一尊軀體之上。

魔佛。

而魔佛也舉起了雙手，合十。

曾經毀滅三百萬生靈的魔佛之掌，就要啟動。

但，啟動了嗎？

尊貴狂暴的魔氣就要湧現，卻因為空洞的雙眼，產生了致命的破綻。

他合十的雙手，被羅賓漢J的一箭，硬是震開。

這震開，讓魔佛的身軀一頓，雙手頓時無法合起，雙掌不合，魔佛強大的魔力頓時受阻，無法釋放出來。

而且，從此之後，魔佛的雙手也再也無法合起來了……為什麼呢？

因為他的左手，已經被吸血鬼女的雙翅利斧，直接削了下來。

沒了左手，這失去雙眼的魔佛身軀，似乎還想做點什麼，舉起了右手，但下一秒，他的右手從手臂以下，就都不見了。

不見的原因，是因為他右手換了個新位置，換到了狼人T的嘴裡。

「呸。」狼人T吐出了魔佛的右手，「味道比木乃伊好些，但實在不是我的菜啊。」

失去了雙手的無眼魔佛，似乎愣住了，也是在這一愣，他忽然感到失去了重心。

身體硬生生轉了一圈，像是踩到了香蕉皮般完全失去了平衡，一旦失去了平衡，會讓所有的招數都失去作用，因為他完全不知道該攻擊哪個方向……

而最擅長讓人失去平衡的人，自然就是他，少年H。

一個太極卸勁，就讓失去雙手的無眼魔佛，滑旋在空中……

「我讓他失去平衡囉。」少年H一笑，「請大廚做最後處置吧。」

大廚？

「誰的刀子多，誰就是大廚，我的爪子有十根，根根比刀利，請叫我貓大廚。」貓女一笑，身體已經靠近了滑旋在空中的無眼魔佛，然後雙手十爪，跟著舉高。

接著，十爪化成十道凜冽寒光，同時切了下去。

噌噌噌噌噌噌噌噌噌噌……

「十一段。」貓女迷人地笑，笑中帶著令人膽寒的殺氣。「不多也不少。」

魔佛，被拆成了十一段，已經完全失去了絲毫戰鬥力，但第六個人，仍在後面俯衝著。

他提著龍紋長槍，速度快到像一枚噴射火箭，轟然一聲穿入十一段飛散的魔佛軀體中。

也就在這一剎那，撒旦忽然懂了。

那柄龍紋長槍，是衝著誰而來的。

而前五個獵鬼小組的成員，毫不留手地打出絕招，將魔佛這障礙快速剷除，究竟是為了什麼……

為了這個從地獄的地獄中歸來的雷，而這個雷的真正目標，早已不是魔佛，而是更後面那個……

那個坐在後面，蹺著腳，看起來優雅但可惡的，撒旦！

「龍紋長槍之，」幽靈騎士雷發出大吼，「瞬間移動。」

瞬間移動？只聽到撒旦冷哼一聲。

「當年你用速度和聲音擾亂了蘭斯洛，讓他誤判了你出槍的時機，這種弱招，也配稱瞬間移動，也配對我鑽石A撒旦出手？」撒旦依然蹺著腳，昂著下巴，絲毫不為所動。

「吼！吼！吼吼吼！」幽靈騎士雷仍一邊吼著，一邊發狂往前奔馳著，手上的龍紋長槍的槍鋒，閃爍著鐵灰色的銳利鋒芒。

在他不規則的吼聲，與忽快忽慢的步伐中，的確，讓人產生了瞬間移動的錯覺。

彷彿他在這一秒仍在二十公尺外，但下一秒就突然出現在十公尺處，當年自負過度的蘭斯洛，就是敗在這一招手下。

只不過，這次真的不太一樣，因為幽靈騎士的對手，是撒旦。

可是黑榜十六強中的四張Ace之一，更是將女神、獵鬼小組，甚至是濕婆等所有眾高手，都逼到絕境的撒旦啊。

只見他緩緩伸出了手，五指成刀。

然後，手刀一劈。

一條鋒利絕倫的刀氣，從他手中直直射出，刀氣來得極快，轉眼就到了幽靈騎士雷眼前的數公分處。

嘶的一個長聲。

手刀穿入了幽靈騎士雷的腦門。

但奇怪的是，手刀入腦，卻沒有噴出半點血。

因為，手刀只是砍中幽靈騎士的殘像，真正的幽靈騎士雷的身影，已經真如瞬間移動般，出現在右前方一公尺處。

「有點門道……」撒旦冷冷一笑，「但如果這樣呢？」

說完，撒旦雙手舉起，以肉眼難辨的速度，快速往前砍了七下。

這七下手刀落下速度之快，比一次瞳孔收縮更短的時間，就已經佈滿了整節車廂。

七把刀的形態各自不同，有的粗大如斧，有的細長如劍，有的刀鋒佈滿鋸齒，有的深藍如海，有的張狂如焰，有的鈍如棍，有的形狀似圓，刀柄刀鋒都是刃面，有的則高貴豪華，如皇室之刀。

無論這刀氣形成的七刀形態如何奇異，但都散發一相同氣氛，那就是危險。

「七大罪啊。」幽靈騎士一邊狂奔，一邊嘴角微揚。「暴食、色慾、貪婪、憂鬱、憤怒、怠惰，以及傲慢……別忘了我們圓桌武士也是基督徒，這點常識還是有的，撒旦啊，你真的拿出絕招了啊。」

七大罪，暴食、色慾、貪婪、憂鬱、憤怒、怠惰，以及傲慢，化成七把刀，在狹窄的車廂中交錯翱翔，只為奪取那位俯衝者的性命。

瞬間移動的殘像，瞬間被破除了七個，然後十四個、二十一個，轉眼之間，滿車廂瞬間移動的雷，已經剩下一個了。

暴食之刀，宛如巨斧，猛力朝剩下的最後一個幽靈騎士，劈了下去。

劈下去了嗎？

不，只劈到一半，因為一雙強壯手臂，硬是抵住了這一刀。

「哈哈，早知道你會出手，謝啦，老狼。」幽靈騎士從狼人T的雙臂下鑽過，「我們的默契還在。」

「只要你的嘴巴還是一樣臭，」狼人T冷哼，但聲音卻帶著歡迎老友歸來的喜悅。「我們的默契就還在啊。」

暴食刀被擋住，幽靈騎士再度往前挺進，已經到了撒旦面前三公尺處，這時，第二刀又來了，細長如劍，七彩流動，正是色慾之刀。

色慾刀刀路奇詭，飄忽不定，幾個詭異的轉向之後，眼看就要從幽靈騎士雷背心的要害，直直插落。

幽靈騎士沒有躲，他繼續往前俯衝，因為他知道，色慾之刀再怎麼詭異，最終還是會因為某一個人而停下。

吸血鬼女。

色慾之刀的軌道再刁，也刁不過心思縝密，處處精算的吸血鬼女，她穩穩接住色慾之刀。

「跑得有點慢喔，是太多年沒跑了嗎？雷。」

「是嗎？被慢速蝙蝠笑慢，還真是有點丟臉啊。」雷笑，同樣是與老友重逢後的笑，而同時間，他往前一踩，手上的龍紋長槍，已經在距離撒旦兩公尺處。

撒旦依然維持著同樣的坐姿，因為他知道，七罪之刀少了兩把，還有五把。

貪婪之刀，刀鋒鋸齒，在空中迴旋一圈，就朝雷的後肩，狠劈下去。

這鋸齒上佈滿如同利牙般的突起，專門鋸斷大樹，如果鋸在人體上，能輕易摧筋斷骨不說，更會在人類神經上造成巨大的疼痛。

不過，說了這麼多鋸齒之刀的威力，它究竟有砍中幽靈騎士嗎？

沒有。

「隊長。」幽靈騎士正經地收起了酸溜溜的語氣，語氣中帶著罕見的崇敬。「謝謝。」

「別客氣，歡迎回來啊。」說這話的同時，鋸齒形態的貪婪之刀，已經被一把鋒利的羽箭射中，箭勢強勁，更將這貪婪之刀直接釘入列車的牆壁上，帶出陣陣的咒語電光。

此箭之主，自然是羅賓漢J，獵鬼小組一號。

「哼。」連去三劍，撒旦冷冷哼了一聲，依然蹺腿而坐，只是昂了昂下巴。

下巴昂起的同時，幽靈騎士頓時感到背後冷氣陡然拉高，七大罪中的「憂鬱」及「憤怒」，雙刀同時出擊。

憂鬱刀深藍如海，憤怒刀斥紅如焰，兩刀極性相反，屬性相剋，如今同時出刀，卻有互補不足，威力倍增之效。

當憂鬱刀的冷勁與憤怒刀的熱氣在幽靈騎士背上竄流之際……卻聽到他大笑道：「這一熱一冷，一陰一陽，肯定是歸你管吧，五號菜鳥？」

「五號菜鳥？」這兩把刀，熱冷極致的雙刀，竟被同一個人接下了。「我好久沒聽到這稱號了哈，而且說實在的，我真的不菜了喔。」

五號菜鳥究竟是誰，有這樣的能耐？他，當然是手握陰陽兩極，能輕易控制正反兩種力量來抑制冷熱雙刀的男孩，少年H。

「一梯退三步，和我差了三號就是菜鳥。」幽靈騎士冷笑。「不過這次我要說，菜鳥，這次幹得不錯，雙刀接得好啊。」

憂鬱與憤怒的雙刀，冷熱的極限，在少年H手上的太極上互相盤旋，竟然互相融合，藍紅兩色在黑白色上溫柔流轉，最後變成平靜的灰色。

當兩刀都轉灰，頓時少了巨大破壞力，少年H輕輕蹲下，將雙刀置於地上。

「憂鬱不是罪，只是需要多些時間尋找和自己共存的方法。」少年H溫柔地說著。「憤怒也不是罪，每個人都需要出口，只是別讓出口傷了愛你的人。」

「五號菜鳥，你雖然變強了，但有件事還是改不了啊。」

「什麼事？」

「你啊，就是心太軟啦。」

「呵，是嗎？」

「算了，心太軟也算是你的一個特質吧，畢竟這場地獄遊戲，你就是這樣活下來的，也許，它不一定是弱點，而是強項也不一定啦。」幽靈騎士一邊說著，一邊朝著撒旦挺進，如今，只剩下短短的一公尺了。

一公尺，那是足以舉起龍紋長槍，對著撒旦的帥臉，一槍插下去的距離了。

「怠惰……」撒旦依然不動，只是緩緩吐出四個字。「之刀。」

第六把，鈍如扁棍，象徵怠惰之罪的大刀，直直地衝向幽靈騎士。

這把刀的氣勢之強，形狀剛強如盾，就怕龍紋長槍與其碰撞，會攔腰彎折。

但幽靈騎士的動作卻沒有因此而停止，手上的長槍仍不斷插下去，他為何不怕？他依靠的是什麼？

他依靠的，當然還是他的隊友。

六號，貓女。

「初次見面，」貓女身影高速旋轉著，如陀螺般盤旋在這柄怠惰大刀之前，當貓女轉一圈，怠惰大刀就被切下一圈，當貓女像閃電一樣盤繞了二十幾圈，這把怠惰之刀，也就噹啷噹啷地掉落在地上，變成一大坨鐵的圓餅。「在下貓女。」

「貓女誰不識啊。」幽靈騎士大笑，「妳的名字，還位列當年我們獵鬼小組最想獵殺的名單之首呢。」

「名單之首？你的嘴好甜啊，我喜歡。」貓女切完了怠惰大刀，回頭甜甜一笑。

也就是這一笑，讓人再次回想起暗殺女王的美麗，與可怕。

而貓女的一笑，卻只維持了短短的瞬間，因為她身體突然一轉。

雙爪同時亮出，朝前方空無一物之處，狠狠劈下去。

這一劈，爆出燦爛光芒，像是兩樣鋒利異常的兵器，以近距離交鋒……而光芒之中，貓女身影更因為反作用力而往後退去。

到底，貓女感覺到了什麼？又到底與什麼樣的兵器對決？

「第六罪，虛榮之刀，又稱無影之刀。」撒旦眉頭微微皺了一下。「此刀原本就是虛幻，不會有任何氣息，貓女，妳竟然感覺得到？」

「直覺，嘻嘻。」貓女一邊退，雙手桃紅色光芒閃爍，用力一握，某個無形的東西，在桃紅色的亮光中，硬生生碎開了。「哎啊撒旦啊，你竟敢懷疑女人的直覺？」

「哼，直覺。」撒旦沒有再與貓女說話，因為眼前有更需要處理的事。

這事，是一個點。

微小的，鋒利的，正在不斷逼近的一個點。

這個點的背後，有長長的柄，有一隻飽受滄桑的手，有一個從地獄中的地獄歸來的身軀，以及一個炙熱的靈魂。

這靈魂的名字，就叫幽靈騎士，雷。

「撒旦！」幽靈騎士雷放聲大吼。「這一槍送你，當作我們全體獵鬼小組的禮物啊。」

點越來越近，近到足以貫穿雙眼眉心，撒旦因此抬起了手，手成刀，直砍了下去。

「最後一罪。」撒旦語帶怒意。「傲慢之刀。」

傲慢刀，形態與影響日本數百年歷史的武士刀極為相像，也因為這份相像，讓此刀不再浮誇，不再擁有特殊屬性，卻也是樸實且最強的一刀。

畢竟，武士刀是經歷了無數刀匠淬鍊，才逐漸形成的形態。能將速度、威力、傷害力都發揮到極致的最終刀型兵器。

如今，它的名字，就叫做傲慢。

那幽靈騎士呢？他的五個戰友，狼人T解決了暴食刀，吸血鬼女收拾了色慾刀，羅賓漢J擋下了貪婪刀，憂鬱與憤怒則在少年H的太極下被制伏，而貓女則是先敗怠惰刀，緊接著又抑制了無形的虛榮刀。

五大戰友，都已上場，如今，只剩幽靈騎士一人了。

而撒旦卻還有一刀，傲慢。

「最後一刀是傲慢，這一罪，還真的挺適合你啊！」幽靈騎士大笑間，手上的龍紋長槍，直接迎向了傲慢刀，兩項兵器，正式碰撞！「撒旦，若你今天敗了，肯定就敗在這裡……傲慢啊！」

「放屁！」撒旦的手往前劈去，手上那柄武士刀也同時劈下，順著刀鋒，彷彿空氣、光線，甚至所有的生命氣息，都順著此刀的弧度，而被無聲無息的切成了兩半。

刀鋒，是一條完美的弧線。

此刻，正對上那深墨色的唯一一點。

龍紋長槍的頂尖，那所有力量都被合而為一的點。

線，對上了點。

雙方，在極度高速下，精準碰撞。

撒旦的傲慢之刀與幽靈騎士的龍紋長槍，兩股足以毀滅整節車廂的巨大力量，在此時此刻，不分上下的，危險卻安穩的，僵持住了。

也就在這看似漫長，實則短到一秒都不到的僵持中，撒旦看到了幽靈騎士雷雙眼中那抹奇異光芒。

這光芒，像是一道閃電，照亮了撒旦的思緒，忽然他懂了。

「幽靈騎士！你他媽的！原來是這樣！」撒旦狂吼。「怎麼可能有人能從地獄的地獄中回來！原來是這樣！」

也就在這聲狂吼之中，撒旦手上的傲慢之刀竟然出現了細細的、淺淺的，一條裂紋。

「好樣的啊。」撒旦突然大笑。「老子千算萬算，就是沒算到還有一種力量，可以違背地獄至上法則啊！」

「所以，」幽靈騎士嘴角浮現了一個隱約、深沉的微笑。「你這次敗的，真的敗在你的傲慢之下啊。」

「要說我敗？」撒旦嘴角凝聚深沉冷笑，「你一個區區亞瑟王座下圓桌武士，還不夠格。」

「他不夠格？」這時，馬面的身後，傳來另一個聲音。「那我們呢？」

龍紋長槍之上，多了幾隻手。

纖細但充滿力量，這是吸血鬼女之手。

粗壯充滿了豪壯之毛，這是狼人T的手。

俊挺帥氣的手，這是羅賓漢J的手。

溫和謙遜卻隱含深刻力量的手，這是少年H的手。

最後，美麗中帶著鋒利危險的，貓女的手。

這五隻手同時握住長槍，力道頓時暴增了十倍有餘，頓時將傲慢之刀，壓出了一道裂縫。

「好樣的。」撒旦依然在笑，但笑得卻有些勉強了。「全部的獵鬼小組都來了啊？但就怕你們還差一點啊。」

「還差一點？那如果加上我呢？」這聲音低沉充滿磁性，而且聲音來源戴著一只古老的胡狼面具。

「你！」撒旦聲音變了。

「終究是鎖我不住，」這胡狼面具的主人，不用多說，當然就是……阿努比斯！「讓我們一起來，把這魔神直接斃於槍下吧！」

在這七隻手緊握長槍之下，傲慢之刀裂紋開始擴大。

越擴越大，越擴越是張狂，越擴越是聲勢強悍。

然後，傲慢之刀碎了。

在漫天飛舞的刀屑中，龍紋長槍如同一條終於擺脫枷鎖的怒龍，筆直的，朝著撒旦的眉心，插了進去。

「哈哈哈哈，好樣的你們，後會有期啊！」撒旦大笑起來，笑聲中，他的頭顱就這樣炸裂了。

撒旦的腦門炸裂。

伴隨著華麗燦爛到讓人目不轉睛的彗星閃過，撒旦整個身軀，就在這一車廂，完全粉碎。

龍紋長槍插落了地板。

槍柄微微晃動著。

但剛剛整把槍，整個獵鬼小組耗盡全部力量才成功狙殺的對象，已經消失了。

那個人，就是撒旦。

而握著長槍的男人，幽靈騎士雷，慢慢仰頭，吐出了一口長氣。

「嘿。兄弟們。」幽靈騎士露出溫柔的笑。「咱們贏了。」

嘿，兄弟們，咱們贏了。

看著插落於地上的這把古舊長槍，看著每一個夥伴身上那密密麻麻的傷痕，看著每個人臉上那有些疲倦又有些放鬆的神情。

贏了。

終於，贏了啊。

「阿努比斯……」獵鬼小組的成員們，看著這突然出現，助他們一把的胡狼男子。

「我沒事。」阿努比斯一笑，手握車掌室的把手，然後用力拉開，「我要以地獄列車車掌的身分，正式邀請獵鬼小組……」

「嗯。」

「歡迎你們，進入車掌室！」

歡迎，進入夢幻之門的最終篇章。

當少年H走到一半，忽然像是感覺到什麼似的，回頭看向雷，雷完全沒有移動的意思。

少年H忍不住問：「你也來嗎？」

幽靈騎士雷回望著少年H，嘴角淡淡的上揚，沒有說話。

「嗯。」少年H嘴角也揚起。「知道了，那就先在這裡謝過了。」

幽靈騎士雷微微點頭，像是回應了少年H的道謝，同時，目光看向了阿努比斯。

而阿努比斯也同時點了點頭，他也懂了嗎？如同少年H與撒旦，他們明白了某一件事，而那一件事，就是雷之所以能夠回來的原因。

確認了雷不會進來，阿努比斯將目光移回車頭的門，然後右手用力往下一扳，車門鎖應聲鬆脫，門也同時開始往前移動。

車門後的世界，車頭的景色，就這樣隨著門的緩緩前移，忠實的呈現在所有獵鬼小組的面前。

這一幕，將會是旅程的終點嗎？

還是，另一趟全新旅程的開始呢？

答案，就在逐漸打開的車門之後……

第十六章　許願

時空，被拉離了這輛列車。

來到了夢幻門之外的遊戲某處，這時遊戲雖然已經結束，最強團隊已經選出，女神與阿努比斯也進入了夢幻之門，但多數的玩家依然沒有離開。

不離開的原因有很多，但大致不脫這一個……那就是「捨不得」。

一個延續了這麼多年的遊戲，一個曾經寄託了熱血、淚水、震怒，直到平靜，等等無數情緒的神奇樂園，就算已經散場，也會讓人依依不捨。

而在這個即將熄燈的此刻，留到最後一刻的玩家們，又在做些什麼呢？

有的玩家買上昂貴的高鐵票，由北到南，或由南到北玩一圈，就算背景是自己熟悉的台灣，但遊戲裡面總有些不同，想趁這最後的時光，再多看看幾眼。

也有玩家鼓起勇氣，拿著手機來到總統府，想要和憲兵怪物拍照。

憲兵，屬於遊戲四大怪物軍隊中的佼佼者，他們先是訝異，之後也隨著玩家一起擺出YA的姿勢，然後喀嚓一聲，一張自拍照就被留了下來。

一個玩家和怪物拍了照，跟著就有第二個玩家跟進，警察局、消防隊、學校老師、郵差，這些曾讓玩家聞風喪膽，毀滅玩家不眨眼的公務體系怪物，在遊戲即將熄燈的此刻，都不再具備攻擊性，反而變成親切可愛的吉祥物，成為玩家們爭相拍照的對象。

除了和怪物們合照，玩家們也彼此合照，留下對方的資料，不少人打算回到現實世界繼續聯絡。

遊戲中雖然危險，雖然經常生死一瞬，但也是這份生死一瞬，讓玩家體驗了更真實的友情，什麼樣的朋友可以交？什麼樣的朋友可以兩肋插刀？什麼樣的朋友值得留到永遠？

那是表面雖然和平，但底下卻浮誇虛偽的真實世界裡，所無法告訴你的。

這些玩家互相留下對方訊息，就算是曾經敵對的四大職業，也都因為交手過幾場而欽佩對方的義氣與武力，並希望在現實世界繼續延續這份友情。

另外一個讓玩家們聚集的地點，則是台北火車站，為什麼聚集在這？因為這裡算是整個遊戲最慘烈的重災區。

貴為地獄遊戲本體的核心主軸，台北火車站堪稱整個遊戲中最堅實、最強壯、最不可能受損的建築。

但，此刻它卻是破損最嚴重的。

曾經歷了女神的單挑擂台，濕婆的本命火山與女神白月對決，殭屍群與眾玩家的對戰，項羽與蒼蠅王的全力釋放，而對台北火車站傷害最大的，當然首推最後的魔佛步行。

為了梳下魔佛長髮，把整個地獄遊戲中叫得出名號的魔神全都湊齊了。

賽特、撒旦、濕婆，還有，他。

與聖佛打了上千年仍分不出高下的眾魔之主，蚩尤。

喔不，現在應該稱呼為認真吃、認真拉的土地公。

在經過這麼多魔神肆虐之後，就算曾經啟動時間逆回的黑蕊花，台北火車站仍留下了不少傷痕，天花板塌陷一半，牆壁上滿是壯麗的魔神刀痕爪痕，最讓玩家瘋狂一定要合照的，莫過於火車站內那一對足印。

平凡，樸實，卻深深烙印在地板上，完全無法被黑蕊花抹滅的一對足印。

按照黎明石碑上說法，「這就是魔佛最後與獵鬼小組們激戰時，所站立之處。」

戰鬥再怎麼慘烈已經成為過往雲煙，但這對足印，卻深深地留了下來。

象徵著整個地獄遊戲中，真正頂峰之戰的足印，就這樣看似平淡的被烙印在地板上。

說到黎明石碑，就算遊戲要結束，黎明石碑仍繼續開著嗎？當然，只不過黎明石碑的上方，多了一行大大的數字。

「11 : 15 : 20」……隨著每一秒，數字安靜且溫柔地減少著。

看著這正不斷遞減的秒數，然後當秒數歸零，又少了前面的一個位數……所有的玩家都看懂這是什麼意思。

這是黎明石碑關閉的時間，也就是整個地獄遊戲，熄燈的時間。

時間，就在十一個小時之後。

無論遊戲之中，有多少精采，多少故事，多少次失敗後悔恨的淚水，多少次驚險獲勝後的用力擊掌，最後都將變成茶餘飯後那說不完的回憶了，

不過，若仔細看，會發現在火車站內，有兩個人沒跟著玩家們到處拍照，拚命補足這幾年來被自己遺漏的景點……

這兩個人都是熟面孔，只是，你真的很難想像這兩個男人，怎麼會湊在一起？

這兩個男人之中，一個身穿寬大T恤，頭髮凌亂，腳踩藍白拖鞋，笑起來有種天不怕地不怕的邪氣。

而另一個男人，年紀約莫五十左右，身著長袖西裝外套，神情謙和，有種在職場歷練多年的成熟穩重。

這兩個人的形象天差地遠，但在遊戲的精采戰役中都分別佔有一席之地，只是，他們為何會在一起閒話家常？

「土地公。」這時，那個五十餘歲的男人，語氣低沉溫和。「我知道你來找我，想問什麼……」

「哈哈，不愧是天使團團長……」土地公大笑，「竟然猜得到我為什麼來找你？」

天使團團長？所以這位溫和的五十餘歲男人，就是……

「你想問，我是怎麼讓狼人T進去夢幻之門的嗎？」男人淡淡笑著，他的笑容慈祥中帶著些許憂愁，彷彿一直堅持在等待著什麼。

「狼人T？差不多喔，不過狼人T原本就是西兒心臟的正主啊，你只是推了一把，我想問的……」土地公看著男人，目光深邃，閃爍炙熱光芒。「『那東西』到底是什麼啊？天使團一號老爹。」

老爹，天使團團長，果然就是他，為了突然昏迷的女兒，放下自己原本擁有的美好與富裕的生活，將自己的靈魂化作千百萬組電子訊號，潛入遊戲中的男人。

不只如此，老爹更低調發出邀請函，邀請了現實世界中各大領域的佼佼者，而這些佼佼者本身就極富冒險精神，加上帶著些許怪癖，他們竟答應了老爹的邀約。

他們是音樂領域不朽巨星的麥可、運動界的超人喬、電腦界的絕對權力者比爾，再加上台灣獵鬼小組的娜娜，與一個平凡的幼稚園老師，就這樣，組成了地獄遊戲的神祕強隊，天使團。

天使團最強的地位屹立多年，直到女神團的出現才被打破，也讓天使團決定改變一貫的低調態度，加入征戰女神團的行列，正式與少年H等人結盟，從此揭開東方天使團的神祕面紗。

這位天使團一號，更曾經穿上老舊但慎重的西裝，一個人，踏入火車站，挑戰女神。

因為，老爹經過多年探查，他赫然發現一個殘酷且極度棘手的事實。

女神所依附的軀體，就是老爹進入地獄遊戲的唯一理由……

法咖啡，竟然就是老爹的女兒！

而且棘手的事情不只如此，因為女神的靈力太過龐大且具備侵略性，一旦女神魂魄抽離了法咖啡軀殼，法咖啡不只會死亡，更會灰飛煙滅，從此成為一個墓碑上的名字。

老爹該怎麼做呢？

他到底該怎麼做，才能拯救自己的女兒呢？而他，究竟又具備什麼能力呢？

「……」老爹只是淡淡地笑著，搖了搖頭，沒有回答土地公的話。

「這幾年，你們天使團也夠屌的，幾個人類玩家，就霸住遊戲第一團地位這麼長的時間。」土地公笑得霸氣，「你們每個人現實生活中就有自己的特殊之處，因為遊戲的設定而放大並產生變化，練就出能威脅群妖的能力，但我一直不懂的是，身為天使團第一號的你，能力，到底是什麼？」

「……」老爹依舊沒有回答，臉上只是帶著那溫和無害的笑。

「你的能力，想必是結合了你在人類世界既有的專長，再透過你來到地獄遊戲的目的，而演變出來的！」土地公的右邊嘴角上揚，揚起一抹帶著邪氣的微笑。「如果我沒猜錯，就是那能力，推了狼人T一把，將他送進夢幻之門吧？」

「……」老爹看著土地公，沒有說話，但他靜靜地微笑，卻彷彿回答了一切。

「快點說吧，老子活了五千年，唯一沒練成的就是『耐心』。」土地公一邊說著，嘴角的邪笑越來越大，嘴裡那鋒利而暴力的獠牙，已然露出。「就怕我的拳頭，壓不過我的好奇心，一個閃神，就忍不住揮拳了。」

「我不怕死。」老爹淡淡地說，「而且如果你要殺我，不管說不說都一樣，不是嗎？」

「也是。」土地公一邊說著，嘴裡獠牙越來越清楚，身材也越來越壯碩，那曾經撼動天地的魔獸蚩尤形體，已經隱隱浮現。「所以你的意思是，說是不說，都由你決定，而不是我？」

「是的，你可以決定我的生死，但決定不了我說與不說。」老爹語氣平靜，沒有半點恐懼，也不帶絲毫威脅。「事實上，這也就是我們人類的尊嚴，就算面對神魔，我們人類也有人類自己的道路。」

「所以，真的威脅不了你？」土地公的頭頂已經冒出兩根大角，灰氣瀰漫周圍，天空甚至因此開始黯淡，大地也抖動起來，這是魔，魔王降臨前的徵兆。「你確定？」

「這有什麼好確定的。」老爹臉色依然平靜，「這就是答案啦。」

土地公看著老爹，而老爹也依然凝望著土地公。

兩個人，一魔一人，一霸氣橫空，一渺小平靜，就這樣對視了足足有一分鐘。

一分鐘內，隨時土地公揮拳，老爹就會化成比肉末還肉末，比粉塵還粉塵，比細菌還細菌的微小碎片。

但土地公揮拳了嗎？

老爹變成碎片了嗎？

「算了。」忽然，土地公笑了，放聲大笑起來。「媽的你們人類，就是這點最讓人討厭，也就是這點最讓人佩服，不問了不問了，和H這傢伙一個樣，你們這些人類啊。」

「嗯，謝謝蚩尤的欣賞。」老爹也笑了。「像蚩尤這樣真性情的魔神，我也很欣賞的，我的能力，其實……」

「其實……」蚩尤訝異，「所以你打算說？」

「如果剛蚩尤您的這拳下去，就絕對問不到答案，」老爹微笑，原本握著的手心，在此刻慢慢地打開來，「但因為你停了，所以我敬你這些年對人類的疼惜，也敬你擁有一身浩瀚魔力卻不因此驕矜濫殺，我要說了……」

「嘿，」蚩尤揉了揉鼻子，「說吧，那是什麼？」

「其實，」老爹的手掌，已經完全打開了。「就是它而已。」

老爹掌心打開的同時，一抹幽藍色，有如初夏夜晚的螢火蟲，輕盈地在掌心飛舞著。

「它？」

「它，」老爹微笑。「一點都不強，甚至完全無法打敗任何人，因為它要攻擊的對象，只有一個。」

「是誰？」

「就是遊戲本體。」

「遊戲……本體？」土地公睜大眼睛，頓了將近三秒，然後，笑了起來。

這笑容越來越大，越來越宏亮，越來越強大，強大到大地都因為土地公的大笑而震動起來。

「……」而直接面對土地公的大笑，老爹梳得整整齊齊的頭髮，被音波吹得往後飄去，但他依然維持著相同的姿勢，動也不動。

「太有趣了，哈哈哈，太有趣了，哈哈哈哈哈，這遊戲玩了這麼久，什麼離經叛道的事情沒幹過？什麼狠角色我沒有用拳頭狠揍過？可是我怎麼從來沒有想過，可以挑戰最強最頑固的傢伙，那就是遊戲本體啊，哈哈哈，哈哈哈哈哈哈。」

「……」老爹依然沒有說話，只是微笑著。

「敬你一句『挑戰遊戲本體』，老子絕對不會動你，我欣賞你。」土地公笑聲稍歇。「那我就來看看，你要怎麼用你的藍色小東西，挑戰遊戲本體吧？」

「嗯。」老爹輕輕嗯了一聲，他的眉頭也在此刻微微皺了起來。

因為他放置在狼人T身上的藍色物質，發生感應了。

當它發出感應訊號，只代表了一件事……

那就是它終於遇到了它最初誕生的理由。

女神。

好樣的，獵鬼小組不愧是獵鬼小組，他們成功闖完了撒旦設下的每一道艱險關卡，來到女神的面前了嗎？

女神，就在他們面前了嗎？而我摯愛的女兒，終於就在他們面前了嗎？

小小的列車頭內，門後的世界，到底是一幅什麼樣的光景呢？

當少年H打開了門。

忽然，他歪頭，先是想了一下，然後笑了。

「沒想到，地獄列車的車掌室，是這幅光景啊。」少年H笑著，發自內心地笑著。「我好像來過一次，嗯，身為故事主角之一，我以為我只會到這地方一次，沒想到還有第二次……」

跟在少年H背後的是狼人T、吸血鬼女等人，他們一看到車掌室的模樣，也同樣露出愣住的神情，但也同樣的笑了。

「把這裡當作進入夢幻之門前的終點，虧Div這傢伙想得到？」

「我想是沒梗了吧？」

「這裡每個人都進過這裡吧？」吸血鬼女回頭，「啊，貓女好像沒有……」

「真令人羨慕。」狼人T皺眉。「一定是臉蛋很正的關係。」

「這也不是我能控制的啊？」貓女聳肩。

車掌室，這應該狹窄僅容一人的空間，為何會激發這麼多的討論呢？

車掌室裡面，又到底是什麼？

這答案，都會在『那個人』帶著微笑漫步而來後，找到解答。

「歡迎光臨本餐廳，請容我介紹一下，本餐廳就是……」『那個人』身高將近一百八，原本微胖的身材明顯比以前瘦了些。「每次故事結束時，都會開放的下集預告地方，我們就是『萊恩餐廳』。」

歡迎光臨，每次都會『亂』預告的餐廳，萊恩餐廳。

萊恩餐廳。

這裡是一個約莫四十坪類似公寓的雪白空間，正中央有一張寬桌，寬桌上擺著兩副餐具，其中一副餐具前，已經坐著一個女子。

「嗨，」那女子一見到少年H，立刻揚起甜美調皮讓人完全無法生氣的笑容。「你來啦，H。」

「是的，我來囉，被妳殺過幾次，總算現在好手好腳的來見妳囉……」少年H回應一個輕鬆的微笑。「女神伊希斯。」

女神伊希斯？這女子果然是許願者，女神伊希斯？

「殺了幾次？哎歐，別這樣說嘛。」伊希斯也微笑著。「你也是我遇過最難殺的一個喔，而且我想了半天，實在想不出你是什麼星座耶，頑強得像是土象，有時候惡作劇像是風象，看到你為貓女哭哭的溫柔模樣是水象，但是揍起壞人那股狠勁又讓人不禁覺得你根本就是火象……喂，少年H，你到底是哪個星座啊？」

「我嗎？」少年H聳肩，「妳猜猜看啊。」

「嘻嘻，那這問題就留給讀者吧。」伊希斯笑著，「變成地獄遊戲未解之謎。」

「好啊。」

「不過我倒是能猜到貓女的星座喔。」

「我的？」貓女比了比自己。「是什麼呢？」

「有著水象星座的柔軟，但其實卻是最常成為殺人魔的星座，妳，」伊希斯說，「一定是雙魚！天生的殺手星座！」

「原來如此，謝謝妳的稱讚，我就收下囉。」貓女笑著。

「羅賓漢J呢？」伊希斯轉頭看向手持長弓，帥氣一如往昔的羅賓漢J。「你能堅忍地挺過那十餘年的白色石棺歲月，嗯，這麼強的意志力，我想一定是土象，加上一些領導者才有的多管閒事，啊不是，是領導者才有的優點，你是魔羯座，對吧？」

「正解。」羅賓漢J向女神微微欠身，「獵鬼小組一號，拜見女神。」

「然後換妳囉，吸血鬼女，妳行事作風嚴謹，頗有資料狂的味道，乍看之下像是處女座，但其實我覺得不是，妳帶著一點女王的氣質，頗有獅子座霸氣。」伊希斯側著頭，「八月二十三號出生，妳是站在兩個星座的交界線，處女與獅子並存的星座吧？」

「哈。」吸血鬼女聽完，忍不住忘形大笑，「女神猜對了，妳才是真正的情報王吧，這樣都讓妳猜出來？」

「當然囉，了解對手性格，才能輕輕地，柔柔地……一擊必殺啊！」伊希斯的目光最後停在獵鬼小組裡頭，最粗壯的男人身上。「狼人T，我覺得你最好猜。」

「是嗎？」

「這種火爆性格，加上對愛情的專一，你百分之百是天衝地衝我最衝的牡羊座吧。」伊希斯笑。「猜對了嗎？」

「中。」狼人T爽快地大笑，「老子就是牡羊。」

「也祝福你終有一天能見到西兒喔。」伊希斯笑說。「最後，猜完了全部，我還是想問你，H，你到底是什麼星座呢？」

「不是說好要讓它成為最後謎團嗎？」少年H一笑。

「你喔。」伊希斯雙手扠腰，連生氣都頗為可愛，擁有法咖啡甜美外型的她，實在難以想像她是隻手顛覆整個地獄遊戲，將數大魔神都完全擊退的終極強者。

不過，也就在少年H笑而不答的同時，萊恩輕輕用湯匙敲了敲桌上的餐蓋。

噹噹。

「各位注意，本列車即將駛入夢幻之門。」萊恩說，「身為萊恩餐廳的侍者，我將說明遊戲規則，事實上，這也是最後一個遊戲規則了。」

「請說。」

「因為地獄遊戲最後放了兩名玩家進入列車，表示它同時認同了兩位玩家對破關的貢獻度。」萊恩看了一眼女神，又看了一眼最後才走入車掌室的阿努比斯。「換句話說……」

「換句話說？」

「遊戲會贈與兩個玩家各一個願望。」

這一刻，所有人的目光都移向了阿努比斯，所以，你也有願望？而阿努比斯淡然聳肩，他雖然同樣不知道這件事，但感覺卻頗不在意。

「不過，雖是兩個願望，但根據主要破關者和次要破關者的差別，願望仍有大小之分，」萊恩一笑，「換句話說，若阿努比斯的願望與女神伊希斯的願望相抵觸，將會變得無效。」

阿努比斯的願望若與女神願望相抵觸，將會變得無效。

阿努比斯的願望較小，所以真正決定地獄遊戲，或未來整個世界運行規則的人，還是伊希斯嗎？

「了解。」阿努比斯攤了攤手。「我沒有問題。」

「那請兩位準備好你們的願望，」萊恩的手捏住了銀色餐蓋的上緣，看了看伊希斯與阿努比斯。「時間，再一分鐘就要到了。」

一分鐘。

地獄遊戲，夢幻之門的外頭。

正在懷念這數年來時光的人們，互相擁抱，拍照，笑著訴說自己曾經經歷過的一切。

五十秒。

黎明的石碑上，留言一串連著一串，分享著彼此遭遇過的趣事，討論著自己將要帶離的一項道具究竟是什麼？以及未來打算怎麼用它？

最近正在討論的，是有人打算拿「女神的椅子」當作進入外太空大氣層的材料，因為幾乎沒有外力可以擊傷這張椅子，拿來探索地球各種艱苦環境，實在再適合不過了。

四十秒。

賽特和濕婆等眾魔神似乎感受到了什麼，他們昂起頭，等待著。

最後的兩個願望，一大一小，究竟會是什麼呢？

三十秒。

「都剩三十秒了，你的底牌還不掀開？」土地公看著老爹，眼神中盡是唯恐天下不亂的開心。「快點鬧一鬧他們啊。」

「底牌嗎？」老爹感到手心發熱潮濕，他賭了這麼多年的一擊，放棄所有能實體攻擊與保護自己的能力，只求這一招，真的會有用嗎？

對女神這樣超級大神，對地獄遊戲這樣巨大瘋狂的架構，真的能造成影響？

二十秒。

「你有沒有覺得，這遊戲很愛倒數？」列車上，阿努比斯面對即將許願的時刻，表情依然悠閒。「H。」

「有啊。」少年H一笑，「可能是因為一開始，就是從列車倒數開始吧。」

「關於願望，你有話想對我說嗎？」阿努比斯的狼眼，透著了然一切的透徹。

「倒不用。」

「喔？」

「因為我知道，你懂。」少年H微笑。

「嗯。」阿努比斯笑，「對，這個願望其實是重要的，而且不透過許願，應該無法達成。」

「那就麻煩你了。」少年H微微鞠躬。

「嗯。」阿努比斯眼神慢慢收斂，變得堅定卻溫柔。「放心吧，我會許下這願望的，畢竟，他也是一個共同並肩作戰的老友啊。」

最後十秒。

發現異狀的，是貓女。

「喂，」貓女比著狼人T。「又不是你許願望，你身體幹嘛發藍光？」

「藍光？」狼人T一聽，急忙低頭看著自己的身體，還像小狗追尾巴般兜轉著。「對欸，我身體有藍光？怎麼回事？」

「藍光，都在你心臟的地方。」貓女比著狼人T。「那是什麼？啊，它湧出來了。」湧出來了？

狼人T訝異地看著自己的心臟，噴湧出大量有如噴泉般的藍光，仔細看那藍光，其實一顆又一顆細小如沙，有如方形螢火蟲的物體。

它數目眾多，多如海浪，正捲著陣陣浪濤，從狼人T胸口湧出，然後不斷往前，往前……它的目標，似乎就是那個人。

而當那個人看著藍光湧向她，先是訝異，然後秀眉微蹙，就要啟動她威力驚人的塔羅牌陣，卻發現了一件事，塔羅牌陣無效。

不是無效，正確來說，應該是塔羅牌陣，完全沒有打到任何東西……

也就是說，這藍色光浪，是不存在的？

為什麼會有不存在的東西，在這個時候冒出來？它又是怎麼來的？它究竟是什麼？

既然不存在，那應該不會有攻擊性，那這些藍色光浪，又是為何而出現？對自己又會有什麼影響呢？

看著那藍色光浪將自己環繞，女神內心的千絲萬縷都被一股熟悉的感覺覆蓋，她曾經見過這些藍色光浪，對，就在那張椅子上，就在那寬闊的台北火車站大廳裡，就是那個挑戰者，身穿著老舊莊嚴西裝，說為了女兒而來的那個男人……

老爹！

女神失聲喊出的同時，倒數結束。

零秒。

萊恩帶著笑容，伸手拉起了銀色餐蓋，正式進入，許願時間。

當餐蓋掀開，潔白如雪的餐盤上，竟是空無一物。

「咦？最後的願望，是國王的願望嗎？怎麼什麼都看不到呢？」阿努比斯一愣，忍不住抬頭問萊恩。

「最後的願望，並不是空無一物喔，而是食物的形狀，由你決定。」萊恩微笑著，「親愛的阿努比斯，你看到了什麼呢？」

「我看到了……」阿努比斯看著眼前的餐盤，看著看著，忽然吐出了一口氣，笑了。「真的假的，我真的看到這個啊？」

「那是什麼呢？」眾人們面面相覷，忍不住湊上前，空空的餐盤上，哪有什麼令阿努比斯微笑的食物？

「少年H有祕密，老子也打算留一個祕密。」阿努比斯笑著，手一抓，抓起了那不知名形狀的食物，張大嘴哈的一聲，就吞了進去。

看著阿努比斯吞嚥的模樣，狼人T先用力拍了一下頭，「老子知道！是北歐的大塊肉排吧！你用手抓？」

「不是，看阿努比斯的手勢，比肉排小些，也許是壽司？」吸血鬼女仔細觀察，反覆推敲，不愧是認真鬼的代表情報女王。

「不一定，我記得印度咖哩也可以用手抓？」羅賓漢J搖頭，「用手抓的食物，還真的不少。」

「會不會不是米或肉，而是甜食呢？」貓女看著阿努比斯閉著眼，安靜地享受著他口中的食物，忽然開口。

「對耶，甜食也是用手抓的……」眾人互看一眼，這一秒，都猜不到阿努比斯依據他願望而變成的食物，究竟是什麼……

「這食物，牽連到我內心深處對未來的渴望……」阿努比斯淡淡地說，「我現在也參之不透，但我相信終有一天，我會解開這食物樣貌的謎團。」

「欸，什麼終有一天？這是完結篇了耶。」吸血鬼女手扠腰。

「呵，未必啊。」阿努比斯看著吸血鬼女，忽然露出莫測微笑，「而且我怎麼覺得，這食物部分的謎團與妳有關呢？吸血鬼女。」

「我？」吸血鬼女一呆，在下一秒，竟瞬間臉紅。「什麼意思？」

「我還猜不透，希望未來我能猜透啊。」阿努比斯溫柔一笑。

「什麼……」吸血鬼女一時間竟講不出話來，而這時萊恩卻已經先開口了。

「第一位許願者，阿努比斯啊，」萊恩說著，「請問你喜歡這食物嗎？」

「非常喜歡，更希望有朝一日，我還可以再吃一次。」阿努比斯露出心滿意足的微笑。

「你喜歡就好，這畢竟是你自己選擇的食物。」萊恩說，「那第一位許願者，你可以開始許願了。」

「嗯，我，阿努比斯，於此刻將許下我的願望。」阿努比斯閉上眼。

這短短的一秒鐘，阿努比斯想起了他踏入地獄遊戲的緣由，從驚險的地獄列車戰役開始，然後他在遊戲中與少年H會合，後來組成地下戰團，尊號夜王，也就是那時候他遇到了法咖啡。

法咖啡後來化成女神，各方強豪也一個個現身，九龍的牙、項羽的刀、魔佛的掌，以及飲下『當我們同在一起』的痛快，到現在，他坐在此刻，即將許下他的願望。

終於，到了此刻啊。

「我，阿努比斯。」阿努比斯微笑著，「願望不太大，但如果不是地獄遊戲給的願望，卻也不可能實現，那願望就是……我希望一個人回來。」

「一個人，回來？」萊恩臉上帶著莫測的笑。「誰呢？」

「一個在地獄中已經死掉的人，在地獄規則中，完全灰飛煙滅的靈魂，不可能歸來，但我希望他回來，而且回來的時間，是在過去一小時。」阿努比斯笑，「這麼奇怪的條件，地獄遊戲能滿足嗎？」

「你許許看啊？」萊恩說，「地獄遊戲的能耐，可是超乎你的想像的。」

「好，那我許下了。」阿努比斯在口中最後一點食物被吞下之前，說出了自己的答案。「從一個小時前回來吧，獵鬼小組二號，雷。」

回來吧，獵鬼小組二號，雷。

這剎那，一切都好像靜止了。

這份靜止，像是有人對畫面按下了暫停鍵，但事實上，卻什麼也沒有暫停，阿努比斯依然吞嚥著食物，萊恩依然笑著站在餐桌旁，而少年H依然帶著輕鬆微笑看著一切。

但，每個人都知道，一定有什麼發生改變了。

地獄遊戲，這個不知道從何而來的遊戲，逆轉了地獄千百年不可逆的規則，死者不可復生的鐵則，將幽靈騎士雷，從地獄的地獄，硬是拉了回來。

時間，正是一個小時前。

當從「地獄的地獄」，「死者的死者的領地」歸來的雷睜開眼時，發現他正在地獄列車裡面，十三節車廂內，旁邊站著被撒旦蠱惑而發狂失控的馬面。

幽靈騎士雷，當下做了一個決定，他舉起龍紋長槍，制伏了馬面。

透過獵鬼小組所受過不為人知的祕密拷問技巧，他知道了很多事，像是這輛列車並非真的地獄列車，這是地獄遊戲創造出來通往夢幻之門的列車，而且這輛列車此刻正被地獄 Ace 等級的魔神，撒旦把持著。

但仍有很多事他不明白，像是……他為什麼回來？

他記得自己與蘭斯洛浴血奮戰，他記得自己復仇成功後，嚥下生命最後一口氣的痛快，他死得無怨無悔，不該再被喚回……

除非，將他喚回來的人，有他非回來不可的理由。

而那個理由，是他必須搞清楚的。

於是，他著手進行裝扮，讓自己與馬面九分相似，事實上當年他就是擅長易容的好手，在他展現幽靈騎士真面目之前，也一直扮著酸言酸語的糟老頭。

他化身為馬面之後，地獄列車微微晃動，他知道，他等到了。

他想知道的答案，已經踏入了列車之中。

那個男人，擁有一身強悍武藝而外型酷似少年，他，就是少年H。

裝扮成馬面的幽靈騎士雷，笑了。

他好像隱隱知道，他回來的理由是什麼了，而那個理由，甚至連剛踏入地獄列車的少年H，都尚未確信。

他的歸來，一定和最後逆轉撒旦的關鍵有關，一定。

時空，拉回現實，而地點，又回到了車掌室。

「所以，雷回來，是為了破解撒旦最後一節車廂的魔佛招喚？」狼人T像是懂了般大喊，

「原來是這樣，難怪地獄法則能被破壞，因為對手是地獄遊戲！古往今來最強大的遊戲！」

「但這樣就用去一個願望？」吸血鬼女語氣帶了點可惜。「地獄遊戲力量大到足以破壞地獄法則耶。」

「不會啦，畢竟這樣才能讓我們獵鬼小組完全湊齊啊。」少年H一笑。「而且我想，這才是阿努比斯要的，不是嗎？」

這才是阿努比斯要的？這是什麼意思？

只見阿努比斯看著少年H，露出了爽朗的笑。「對，這才是我要的，你果然懂我，兄弟。」

「嗯。」少年H回以一個笑容。

「其一，我之所以參戰，是為了伊希斯，所以我不會讓願望和伊希斯抵觸，所以我的願望最好不要太大。」阿努比斯淡淡地說，「其二，這才是我真正的想法，就算知道地獄遊戲有能力撼動世界的規則，但我其實並不討厭這世界，這世界的確有很多不公平，憤怒，黑暗，亂七八糟……但也同時擁有很多的美好，快樂，經過掙扎之後的幸福，我覺得很好，我一點都不想改變這世界。」

我覺得很好，我一點都不想改變這世界。

所以，當雷看著我，而少年H也透露著相同訊息時，我欣然接受。

這就是阿努比斯，這也就是少年H，你懂我，兄弟。

就在阿努比斯願望塵埃落定時，所有人的目光轉向了伊希斯，這時，才發現新的變異已經發生，就在伊希斯身上！

從狼人T心臟暴湧而出的藍色海浪，包圍了伊希斯，擁有驚天力量的女神，在短暫的時間內，竟奈何不了這無形無體彷彿不存在的藍色光芒，任憑藍色光芒包圍了全身。

伊希斯的身體沐浴在藍光之中不到一秒，藍光又悄悄地退開，像是根本就不曾發生過。

「這藍光是什麼？」狼人T看著自己的心臟，滿臉迷惑。

「這藍光，好像就是帶你進入地獄列車的能力。」吸血鬼女歪著頭。「可是令人疑惑的是，它真正的目標，是伊希斯……？」

「那伊希斯會怎麼樣呢？」狼人T問。

「我不知道，但地獄列車已經通過夢幻之門，誰是最後許願者，早就決定了，這時候再來搶奪願望，其實毫無意義了啊。」吸血鬼女搖頭。「而且這藍光形態詭譎，沒有形體，所以沒有半絲攻擊力，這樣的東西，到底能幹嘛？」

「謎啊……」狼人T眉頭皺著，他不懂的事情還有別的，因為他覺得，帶他進入地獄列車的『能力』，應該是西兒心臟的能力，但心臟明明就已經不在自己體內了，為什麼能力還能啟動……

重新啟動西兒心臟，才是藍光的力量。

這樣的能力無論從哪個角度觀察，都不會是主要攻擊手，反而像是輔助者。

這樣的能力，目標是伊西斯？又是願望者已經確定的時刻？到底，它要輔佐什麼？又要輔佐誰呢？

老爹，到底要做什麼？

此刻，伊希斯的眼睛閉著。

依然閉著。

看起來非常平靜，只是閉目養神，甚至像是讀完了一本三百多頁的長篇小說之後，讓眼睛休息般輕鬆地閉著。

「這位玩家？」萊恩的聲音莫名輕柔，像是不忍驚擾閉眼的女神。「我們可以許願了喔，妳準備好了嗎？」

女神雙眼那長長的睫毛，顫動了兩下，眼睛卻依然沒有睜開。

「要許願囉，列車已經通過夢幻之門了，您的另外一位夥伴，也已經完成願望囉。」萊恩語氣還是同樣溫柔。「要請您享受面前，專屬於自己的美食囉……」

女神依然沒睜開眼，表情平靜到像是沒有表情，又或者說，她的腦，在此時此刻，似乎放棄了「控制」五官這件事，讓她的臉，在完全沒有任何肌肉施力下，呈現一種極度的寧靜。

幸好法咖啡原本的五官很可愛，就算如此寧靜，還是挺賞心悅目的。

見到女神始終不肯開眼，現場諸位戰士，少年H、阿努比斯、羅賓漢J、吸血鬼女、狼人T，都注視著她。

「女神為什麼始終不說話？」狼人T皺眉。「和剛剛的藍光有關嗎？」

「她連表情都沒有，讓我想到當時被關在白棺之中的那段時光。」羅賓漢J苦笑，「那是意識與肉體間被切斷了，意識單獨在大腦深處，單獨作戰著……」

「所以，女神正在作戰？」狼人T訝異。「雖然我不曾參與那些戰役，不過女神有什麼好打的？她不是早贏了嗎？願望就是她的啊？」

「嗯，遊戲進展到此刻，撒旦、濕婆、蒼蠅王都已敗北，女神拿到願望這件事已經確定。」吸血鬼女說，「那她，究竟在和誰作戰？」

現場四人中，只有兩人沉默。

少年H，與阿努比斯。

「少年H，阿努比斯，你們是不是早察覺到什麼了？」吸血鬼女看著現場沉默的三人，「為什麼不說話，女神現在到底在做什麼？已經確實獲勝的她，為什麼不肯許願？」

「因為她還在戰鬥。」少年H慢慢地說著。

「咦？跟誰？」

「跟同樣有權力爭奪這個願望的靈魂。」

「誰？女神已經獲勝，她整個人都坐在這裡了啊！」

「不，女神並未完全獲勝，她少算了一個人。」少年H看著女神，神情嚴肅。

「誰？還有，她在哪？」

「她在女神身體裡面，又或者說，這身體原本就是她的。」

「啊？」

「她是誰，妳應該已經猜到了。」少年H淡淡的語氣中，藏著極為少見的激動。

「所以是……」吸血鬼女的情緒也激動起來，不只如此，列車上所有的人都同時啊的一聲。

「她，就是法咖啡。」

法咖啡，現在正在女神身體裡面，爭奪……這尊身體？

地獄遊戲，夢幻之門外。

「你想賭最後一把？」土地公遙望著遠方。「老爹。」

「是的，我的藍光雖然沒有絲毫攻擊力，卻是一種能改變遊戲環境的程式。」老爹說，「無論從任何的角度去想，我女兒法咖啡都不可能擊敗女神，除非……給她外力的幫助。」

「外力的幫助？就是你的藍光？你的藍光有何能耐？竟然打算擊敗伊希斯？」

「擊敗伊希斯的不會是我的藍光，」老爹搖頭，「擊敗伊希斯的，依然會是我女兒，而我的藍光只是輔助，或者說，它不會強化任何人，但卻能改變戰鬥舞台的環境……」

「喔？」

「一隻深海小魚也許遠不如獅子強壯，但如果環境是深海兩萬英里呢？」老爹淡淡地笑了，「獅子恐怕得先花大部分的力氣游泳，才能和小魚稍微打上幾下吧？不是嗎？」

「哈哈，太有趣了，這就是你所謂的攻擊遊戲嗎?改變遊戲的環境，這招一定整死伊希斯了，我愛死了！」土地公看著老爹，臉上笑得好開心，「女神一定沒想到最後還有這一招吧？」

「在台北火車站，我就曾經試過一次，那次沒有成功，因為女神還是具備絕對的力量，這一次，女神的靈體經歷了太多場硬仗，先是濕婆、少年H與貓女，以及撒旦，她的力量已經減弱，而我的藍光則是等待已久全力出擊，也許，真的有那麼一點機會，讓法咖啡逆轉。」

「真是太屌了，」土地公大笑，「那個藍光有名字嗎？」

「我的藍光嗎？」老爹想了一下，終於開口，「如果真的要給它一個名字，我會叫它……『千萬別惹老爸生氣之電腦病毒』吧。」

千萬別惹老爸生氣之電腦病毒……

這個老爹練了數十年，專司改變環境的奇怪藍色光浪，這一次，真的有機會讓法咖啡擊敗女神，奪回她的軀體嗎？

而就在女神閉眼不動之際，眾人們又發現了一件異象：

那就是她面前的餐盤上，竟然隱隱出現了食物。

原本阿努比斯是透明只有本人能見，但伊希斯面前的食物卻隱約可見，這是因為她體內的靈魂正在激戰的關係嗎？

而且，更奇怪的還在後頭……

「女神餐桌上的食物，我好像看到了，咦？怎麼看起來一直在改變啊？」狼人T滿臉詫異，「這一次看起來好像好豪華！這是什麼？至少有十種以上的甜品，法國馬卡龍？義大利冰淇淋？歐系巧克力？天啊，這是什麼甜點饗宴嗎？」

「女神愛吃甜點。」一直沉默的阿努比斯這時說話了，「對她來說，豐富而華麗的甜點饗宴，的確是她的最愛。」

「這些甜食，實在令人難以抗拒啊。」吸血鬼女和貓女互看一眼，她們都感覺到來自口腔中自然而然的唾液分泌，就算只是在一旁觀看，都會被這些甜品深深吸引。

「等等，甜點消失了！」狼人T大叫，「變少了，不見了，咦……這是什麼？一……一碗粥？」

女神的面前，那豐富華麗幾乎囊括大半歐洲經典的甜品，消失了，取而代之的，是一個有些老舊但洗得乾淨明亮的瓷碗，瓷碗內，浮出熱騰騰的粥。

粥上有碎肉，有青蔥，米粒被熬得軟爛，透著宛如白玉般的透明色澤。

這與甜品是完全不同類型的食物，極為平凡，卻透露著一種難以言喻的幸福感。

「雖然一點都不華麗，」這次開口的，反而是少年H，向來沉穩低調的他，竟無法抑制地吞了一下口水。「但是聞起來挺香的。」

「是啊，雖然甜食不錯，」貓女歪著頭，瞇著眼，宛如陽光下聞到食物而甦醒的貓咪。

「但這碗粥好像也挺迷人的。」

粥出現的時間極短，一下子，餐桌又變得華光亮麗，那數十種讓人有如坐在歐洲宮廷的甜品大餐又出現了。

黑金色的巧克力、粉紅豔麗的馬可龍、濃純如雪的冰淇淋、層疊酥脆的蜜蘭諾……滿滿的一整桌！

如此光彩奪目的甜品，頓時再讓女孩們低呼，連狼人T都用力用手抹了抹下巴的口水。

金光閃閃的甜品又在下一刻黯淡，然後消失，那碗熱騰騰的白粥又出現了。

暖暖的白煙，從碗口飄出，少年H再次發出欣賞的低嘆。

白粥出現的時間仍短，下一秒，又翻回了數十種精采絕倫的甜品。

就這樣，短短的幾分鐘內，女神閉著眼，但她的面前象徵許願的白色瓷器餐盤，上頭的食物反反覆覆變化著。

「看樣子，女神與法咖啡期待的食物並不一樣，所以她面前所變出的食物，象徵著此刻是誰主宰著軀體。」吸血鬼女說。

「華麗甜品是女神，鹹粥是法咖啡……」狼人T喃喃自語著，「究竟最後是甜品，還是鹹粥？」

究竟是華麗甜品還是鹹粥？而就在狼人T提出這問題的同時，女神面前的餐盤，變化的速度開始加快，並且錯亂了！

華麗甜品，鹹粥，華麗甜品，鹹粥，華麗甜品，鹹粥，華麗甜品，鹹粥鹹粥，華麗甜品，鹹粥，華麗甜品華麗甜品華麗甜品華麗甜品，鹹粥，華麗甜品，鹹粥，鹹粥，華麗甜品華麗甜品華麗甜品，鹹粥鹹粥鹹粥……

變化速度快到後來，所有人都已經頭昏眼花，搞不清楚究竟是華麗甜品，還是鹹粥，還是華麗鹹粥？華麗甜粥？華麗鹹品？鹹甜華麗？麗甜鹹華？

然後，眾人幾乎錯亂的時刻，餐盤上的食物，消失了。

就像是切斷了影像的開關，瞬間消失了。

當餐點消失，所有人都同時屏住了呼吸，因為他們知道，戰鬥結束了。

這場完全沒見到半滴血，完全沒有任何激烈場景，沒弄倒大樹，沒炸噴大海，炸壞地球的超級無聲之戰，終於結束了。

然後，睜開了，她的眼睛。

她，睜開了眼睛。

黑白分明，深黑眼珠透著燦爛星光，美麗而沉靜，透徹而明亮的眼睛。

在這對令人著迷的眼睛下，眾人都遲疑了，現在睜開眼的，到底是誰？

看似平靜，完全沒有見上半滴血，卻可能是女神與法咖啡最凶險一戰的這仗，結果究竟為何？

只見她默默地吐出了長長的一口氣，臉上浮現酒足飯飽的溫暖神情。

「真好吃吶。」她語氣輕柔，「好久，沒吃到這麼令人想念的味道了……」

所有人安靜地看著她。

「真是令人想念的，」她臉上是那思念的微笑，「爸爸親手煮的鹹粥啊。」

這一刻，沒有人說話。

眾人沒有說話，大半是驚訝，小半是惋惜，直到一個人開口，打破了這份靜默。

「食物好吃嗎？」那個人，是侍者萊恩。「如果好吃，那就請妳許願吧。」

「是啊，我知道我有一個願望。」她笑著，這是法咖啡的笑容，貨真價實。「那我許了喔。」

那我許了喔。

這一秒鐘，狼人T想說什麼，但又閉上了嘴。

他想說的是，妳的願望威力之強，足以撼動這個宇宙，如果妳要地球滅亡，地球就會分裂成太陽系的一團塵埃，如果妳要當世界之王，這世界的眾神就會臣服於妳腳下，如果妳想讓這世界全部都是黃金，就絕對不會有第二個物質存在……

這就是地獄遊戲願望的能力。

這也就是為什麼黑榜的四大魔神、地獄政府、三大古老神系，全部都會瘋狂參與這場地獄遊戲的原因。

因為破關願望，來自地獄遊戲的能力，而這能力之強，足以主宰一切。

而這能力，曾經，埃及神系的伊希斯拿到了，但在最後一刻，卻又落到了這名台灣高中生法咖啡的手上。

荒謬，神奇，不可思議，但這就是事實。

這名台灣高中生到底要什麼？地獄遊戲都會給她，整個世界都會給她，無可抵抗的給她！

「嗯，我要許願囉。」法咖啡一秒的微笑。

這一秒的微笑，可以說是整個世界最接近滅亡的一秒，所有人因此屏息。

「我，法咖啡，唯一的心願只有……」她那雙美麗的眼睛，含著宛如湖水般的燦爛的淚水，而嘴角微微上揚卻如秋天清晨暖暖的朝陽。「我想回家。」

「如您所願，」萊恩九十度的鞠躬，語氣恭敬。「馬上送您回家。」

這時，老爹跌坐在地上。

「幹嘛，都到這時候，才雙腳沒力？」土地公低頭看著他，咧嘴笑著，「你女兒要回家了，做老爸的，還不趕快回去等？」

「嗯。」老爹笑，他撐了幾下，才從地上站起，「對對對，她的願望實現了，我該回家陪她了。」

「我先和你說，雖然我沒養過女兒，但活了千年，看過的事情也多，你要知道，你現在為你女兒付出再多，終有一天她會談戀愛，為了陌生的男生幹蠢事，流眼淚，甚至和你吵架，你知道終有這天嗎？」

「……」老爹抬頭看向土地公，「我知道。」

「那你現在做這麼多，值得嗎？」土地公看著老爹，「你為她進入地獄遊戲耗時數年，為她練了一個只能在地獄遊戲使用的能力，為了她你賭上擁有的一切。」

「我做這些值得嗎？」老爹回頭，那是一個慈祥與豪氣並存的笑。「我藍光絕招的名字，已經足以回答一切。」

「喔？」

「『千萬別惹老爸生氣之病毒』。」老爹笑瞇了眼，此刻霸氣比慈祥多一點點。「誰敢惹我女兒哭泣，誰敢欺負她，不為什麼，我都會讓他好看。」

「哈哈哈哈哈。」土地公狂笑不止，「哈哈哈哈，那我真的只能說，女神伊希斯，這一次真惹錯人了，完全惹錯人了啊，她惹到一個生氣的老爸了啊！」

女神伊希斯，這一次真惹錯人了，完全惹錯人了，她惹到一個生氣的老爸了！

原來，這就是這遊戲結局完全不同的唯一原因。

女神，惹錯人了！

「我得走了，希望下次有機會再聊。」老爹終於站了起來，搖搖晃晃地往前跑去。

「嗯，下次有機會一定再聊……」土地公揮了揮手，「將來你有遇到神鬼的事，報我的名號，一定搞定……」

土地公最後的話語，有沒有傳到老爹耳中，已經不確定了。

因為老爹的背影，已經迫不及待地消失在遠處。

「回家愉快啊。」土地公雙手插著口袋，「接下來，只剩下最後一個未解的謎了。」

「都通往終點了，該告訴我們『你』的真面目了吧。」土地公昂著頭，對著此刻寬闊的藍色天空說話。「地獄遊戲。」

「她離開了。」

地獄列車上，車掌室內，所有人都看著空蕩的椅子。

原本這張椅子上坐著法咖啡，剛吃完鹹粥，正許下願望的她，忽然就消失了。無聲無息地消失了。

「地獄遊戲把她送回家了嗎？」這時，狼人T小聲地問。

「是的。」萊恩說。「地獄遊戲能夠實現所有願望，所以它直接將她送回去了。」

「法咖啡回家了，那女神伊希斯呢？」

「我想，她乃是一代埃及主神，就算魂魄沒有肉體支撐，應該也會有辦法吧？」萊恩一笑。「這問題，也許看阿努比斯悠哉的表情就知道了。」

「嗯。」阿努比斯聳了聳肩。

他大概知道女神會去哪，不過他也知道，突然被抽離肉體的女神魂魄，加上這一連串激戰，也許她會休養一段比較長的時間，幾百年，甚至上千年也不一定。

時間算起來，也許會和撒旦差不多？

整個神系少了女神伊希斯和撒旦，大概會無聊一陣子吧？

「但是好可惜欸。」狼人T嘆氣，「地獄遊戲能實現任何願望啊，女神身上又是優先順序在前的大願望，她要當上世界之王，她要整個人間成為地獄，她要毀滅任何一個神系，地獄遊戲都能實現……但結果，法咖啡卻只許了『我想回家』？」

「也許，這就是命運，」萊恩一笑，「伊希斯千算萬算，大概算不到最後老爹的藍光會突然來到，擁有這身軀的法咖啡，會在最後搶到許願的能力。」

「也許，這樣也不錯。」少年H突然開口了。「就算復興了埃及神系，也未必是蒼生之福，不是嗎?阿努比斯。」

「……」阿努比斯沒有即刻反應，他只是輕輕嗯的一聲，這一聲嗯，似乎已經說盡了阿努比斯的立場。

此刻的人間與地獄，千億個靈魂，有悲傷，有痛苦，有寂寞，有令人痛不欲生的絕境，但卻在這些無光的黑暗中，依然存在著同樣相對的溫暖、喜悅、相愛，以及那如星星般美好的「對未來的期待」。

這就是生命，黑暗與光明相對，痛苦與快樂互相依存，生命要是這樣，才會精采。

所以，就算地獄遊戲擁有著改變世界的力量，不如，就讓它這樣吧……

第一個副願望，阿努比斯許下了「讓雷回來的願望」，改變了地獄的規則，卻沒有撼動這個世界。

第二個主願望又更小了，法咖啡取得了身體的主導權後，只說出了這幾年來最想要做的一件事，「我想回家。」

地獄遊戲讓她回去了，最大願望，這個讓所有地獄遊戲玩家瘋狂追逐，讓眾神魔從數百年前就開始佈局，機關算盡，精銳盡出的願望，就這樣悄悄落幕了。

「這樣也不錯。」少年H笑，「不是嗎?」

獵鬼小組的所有成員們，包括阿努比斯，也都微微點頭。

是啊，這樣也不錯，不是嗎?

「那現在，我們只剩下最後一個問題了，我認為，萊恩你應該可以給我答案。」少年H看著萊恩。

「喔，你想要問什麼呢？」

「我想問的是，地獄遊戲，到底是什麼？」少年H看著萊恩，「它到底為何形成？它為何擁有這麼巨大的力量？撒旦和蒼蠅王似乎猜到了一些，但又無法掌握它，它到底是什麼？」

「它啊……」萊恩說到這，臉上浮現調皮的笑，「你們把列車的窗戶打開，就會知道了。」

「列車的窗戶？」少年H轉頭，這時狼人T、吸血鬼女、羅賓漢J等人，已經分別來到窗戶邊。「列車的窗戶可以開嗎？不是有禁咒？」

「那是通過夢幻之門以前啦，過了以後，就可以開了。」萊恩說，「打開吧，你們會看到夢幻之門以後的風景，那就是地獄遊戲的真相了。」

你們會看到夢幻之門以後的風景，那就是地獄遊戲的真相了。

「開！」在所有人同聲喊到這個字時，一起拉開了列車窗戶……

窗戶打開，首先迎面而來的，是一陣沁涼的大地之風。

接著，所有人的眼睛都睜大了。

外頭的風景，竟是這副模樣？

而這模樣，是每個地獄子民都曾經想望過，都曾經從老一輩口中聽過，甚至有的冒險家曾經揹上行囊，耗盡千百年的時間探索過……

妳有沒有看過一望無際的第十層地獄，那種天地間劃一的白？妳有沒有見過在第七層地獄古老的建木，那個高聳入雲的建木，孤傲得可以震撼靈魂？妳有沒有看過地獄第九層的寒冰地獄，那個氣勢萬千的萬里冰壁？妳有沒有看過第八層的地獄之海、洶湧的大浪，以及體驗海洋生死搏鬥的驚險？妳有沒有聽過地獄第二層奧菲斯的神曲？那可以淨化心靈，讓人遺忘一切痛苦的神聖之音？

妳有沒有見過地獄第十層，那堵無邊無際，延伸到世界盡頭的嘆息之壁，壁後面究竟是什麼風景？

然後，全車的人，在詫異的神色之後，全都微笑了。

我看過了。

我看過牆壁之後的風景了。

原來，這就是地獄遊戲的真相。

原來，我們一直在這裡。

這堵牆，就是地獄遊戲的最後祕密啊？

尾聲一

十一個小時之後，地獄遊戲的門，在百萬雙眼睛的注視下，關上了。

同時間，許多醫院內的植物人突然甦醒了，他們有的昏迷了五六年，有的昏迷了一兩年，伴隨著他們甦醒的，是家人們開心地尖叫，擁抱，還有撥通手機後，手機那頭放聲的尖叫與無法控制的歡喜哭聲。

也有許多人不是從病床中甦醒的，他們是關上了電腦，打開窗戶，剛好迎向窗外吹來的清涼陣風，他們不自覺地閉上眼，安靜享受真實的此刻。

當然，除了現實世界外，地獄也有許多魂魄歸來，蒼蠅王所執掌的地獄政府，因此忙碌起來，他們試圖對地獄遊戲歸來的魂魄或是群妖魔神造冊，因為蒼蠅王知道一件事。

每個經歷過地獄遊戲的妖怪，絕對會變強。

像是經過了嚴苛且精采的數年靈力訓練，他們甚至將大幅改變黑榜群妖的版圖。

但真正的改變，卻不是此刻。

而是更久更久以後。

為什麼呢？

因為，每個回來的玩家，手上都藏著一件物品，那是來自地獄遊戲的道具。

能人獸合一的蛋，將會改變人類對 DNA 合成的所有認知。

無法被破壞的女神之椅，將會讓人類從此對「材料」兩字有新的認識。

背不完的十萬個英文單字，從此讓學英文成為一種風潮，尤其是當你背到十萬個字時，竟然可以招喚流星！

還有數不完的特殊道具，在未來數年間，將一點一滴地滲入人類的世界中，然後一點一滴開始推動這個世界的樣貌。

女神和阿努比斯的願望沒有快速且大幅的改變這世界，但這些「道具」卻有如此的可能，而且這次已經不是單人的願望了，而是所有曾參與地獄遊戲玩家們的共同心願。

是所有的玩家同心協力，慢慢改造這有點無聊的世界。

而一切改變的起點，就是從這個遊戲開始。

而在千萬甚至上億受到影響的人類之中，有一個人是特別的，他也是魂魄進入遊戲的現實玩家，當他從遊戲中清醒，放下掛在耳上的耳罩式耳機，慢慢睜開眼睛時，他看見了他進入地獄遊戲的唯一理由。

一個高中少女，正抱著一隻狗，對著他微笑。

「嗨，爸。」那高中少女，笑起來好甜美。「你回來了？」

「嗯。」他看著少女，開朗地笑了，「是啊，我回來了。」

「爸爸，我想吃……」

「我知道，妳想吃鹹粥，對吧？」他五十歲的皺紋，全部都笑開了，「那是我唯一會煮的一道食物，而我已經煮好了，正放在瓦斯爐上熱著呢。」

「真的嗎？YA！」高中少女用力歡呼，「我超想吃的啦！」

「那就快點來吧。」他微笑著，朝少女房間門外走去，忽然，他像是想起什麼似的回頭。「對了有件事要說……」

「爸，什麼事？」

「我打算養一隻流浪狗。」

「咦？」

「而且名字也已經想好了。」

「咦？」

「牠的名字，就叫做約翰走路。」爸爸拉開了門，朝樓下走去。

約翰走路？高中少女歪著頭，一股暖暖的感覺湧上了她的胸膛。

因為她知道，知道這一切不是夢。

「別發呆了啊，鹹粥要趁熱吃啊。」爸爸的聲音，從樓梯口傳來。

「好！」高中少女歡呼聲中，砰砰地跑下了樓梯，準備迎向她思念了好久好久的食物……老爸的鹹粥！

此時此刻，這個小小的家中，飽含著某種暖暖的溫度，沒有激戰，沒有眼淚，沒有生死一線的繃緊感。

卻有著一種淩駕其上的情感，我們就稱它為幸福吧。

尾聲二

多年之後。

鈴～鈴～鈴～

擾人清夢的鈴響，在一間溫暖舒適的房間裡頭，響了起來。

一隻纖細修長的女子之手，從棉被伸出，啪的一聲，抓住了電話。

砰！鏘！這隻手硬是將電話線扯入棉被之中，然後棉被裡頭傳來一個模糊不清的聲音，「幹嘛？」

『一級突發事件，代號 10110。』

「一級？」棉被中的聲音，陡然拉高，「代號 10110？地獄列車？」

「獵鬼小組於凌晨四十分以前，全員到曼哈頓集合完畢。」

「獵鬼小組三號收到。」

啪，厚重的棉被，整個掀開，一個頭髮凌亂的金髮美女，倏然站起，滿臉睡意，仍掩不住美女精悍的神采。

「竟然是地獄列車？曾讓上一代獵鬼小組幾乎全軍覆沒的場景，就是地獄列車啊？」美女迅速著上一身黑裝，修飾衣著之際，還不忘對著鏡子甜甜一笑，鏡中兩顆獠牙，閃閃發亮。

「事隔這麼多年，地獄列車竟然又出事了？」

著裝完畢，美女輕手輕腳地走到隔壁的房間，慢慢推開門。

房間裡頭，這次沒有熟睡的十歲女孩，而是一張照片，照片上，也是一個金髮碧眼的美女，只是這美女的年齡顯然稍大，眼角帶著淡淡魚尾紋，但歲月的痕跡卻一點也沒有減少她的美麗，反而增添幾筆成熟的風韻。

這熟女的外表怎麼有點眼熟，她似乎就是某個極度厲害的獵鬼好手啊。

只見美女對著照片的熟女輕輕一吻。

「媽，我出任務囉，」美女一笑，「雖然不知道此刻妳在哪旅行，但我會記住妳傳授給我的獵鬼小組技巧……吸血鬼女媽媽。」

吸血鬼女媽媽？

所以照面上的美麗熟女，就是獵鬼小組當年的三號，吸血鬼女？

而稱吸血鬼女媽媽的，難道就是當年的那個小女孩……

「我會晚點回來喔。」美女退出金髮女子的房間，走到了客廳的陽台，唰一聲，拉開落地窗。

沁心的涼風，從曼哈頓的夜空，習習吹來。

看著底下萬千的燈火，美女微微一笑，雙手張開，身體伸展，一個完美的跳躍，從二十層樓高的公寓，縱身下躍。

夜空中，她的金髮隨風亂舞，姿勢優雅高貴，有如奧運跳水選手，自由落下。

瞬間，她的雙臂伸出兩道黑色的羽翼。

在曼哈頓月光之下，金髮美女迎著風，盡情翱翔起來。

曼哈頓車站。

此刻，地獄列車還沒駛進曼哈頓車站。

距離到站，還有整整十五分鐘的時間。

金髮美女安然落地，收起翅膀，順了順被夜風吹得些許凌亂的金髮，然後，她優雅地走入地鐵車站，此刻，車站裡頭已經站了一個人影，人影旁邊則插了一把武士長刀。

無論是人影或是武士長刀，都透露著和金髮美女類似的強悍氣息。

「三號報到。」金髮美女對著較高的人影說道，嘴角不忘甜笑。

這人影，是一名高大肥壯的男子，他手握雙錘，英氣勃勃，高聳的鼻梁，深邃的眼眸，還有唇上兩撇小鬍子。

這男子帥氣中，還帶有幾分成熟穩重，是天生的領袖氣質。

而他的這對雙錘，更顯出他的非凡氣質，雙錘雖然看來古舊，似乎是歷史文物，但是上頭密密麻麻刻著古老的文字，這些文字扭曲如蝌蚪，仔細一看，才發現這不是字，而是曠古的伏魔咒語。

只是這帥氣肥壯的外表下，卻散發著一股熟悉感……這人，不就是阿胖嗎？

他來自台灣獵鬼小組，本命「左門神」遲浴恭，手握陣地雙錘的男子，阿胖！

如今，他已是曼哈頓獵鬼小組的隊長了？

「只剩下三分鐘了。」阿胖皺眉說，「四號和五號都還沒到？」

這句話剛說完，車站外頭傳來陣陣轟隆聲，一台重型哈雷疾行到車站門口，一個身著黑色皮衣，龐克服裝，戴著墨鏡的男子，出現在地鐵門口。

「阿胖老大，四號到。」這男子甩了甩他及肩長髮。一股猛禽的凶狠氣息，從他粗獷的外型，和俐落的動作中，毫不保留地釋放出來。

只是這男子臉部卻有著一個奇妙的特徵，那就是那鮮紅堅硬的鳥喙，讓他看似宛如孔雀般的五官，但這五官不但不顯滑稽，還透著一股英俊帥氣的神妖氣質。

他不正是來自印度古老神系，大神濕婆的第二個兒子，孔雀王嗎？

他，也加入獵鬼小組？還取代狼人T，成為粗獷戰鬥的代表，四號了嗎？

「好。」阿胖眉頭皺了皺。「還有一分鐘，五號是不是要遲到了？」

「我說，書呆子女生都不太準時的。」適才，站在阿胖旁邊的那把武士長刀，竟然發出聲音了。

這把刀聲音尖銳，話語中帶著一股令人熟悉的酸勁……能夠開口的刀，說話又這麼令人討厭的，不就是曾經跟隨阿努比斯，在地獄遊戲四處征戰的……

「妖刀村正，」一個悅耳女聲，從眾人背後傳來，「抱歉讓你失望了，其實我早來了呢。」

聲音剛落，一個年輕美麗的東方少女，從車站中的柱子陰影中，緩緩走出。

這個少女，身材窈窕，臉上戴著無框透明的眼鏡，五官清秀，笑起來甜美中卻有著一份拘謹與嚴肅，果然是喜愛讀書的典型。

只是，她是誰？

她頂下的可是當年五號，也就是少年H的位置，是誰有這樣的能耐頂替少年H？又為何她模樣如此熟悉？

阿胖看見少女出現，微微頷首。

「鍾小妹，妳果然不會遲到。」

鍾小妹，鍾馗之妹，以中國文字為專長，曾經和孔雀王兩人獨戰女神伊希斯，雖然最後敗北，卻締造不朽紀錄的她，如今也加入了獵鬼小組，如果是她，的確有資格頂替當年少年H的位置。

阿胖見到眾人已然到齊，右手揚起，幾張資料飛入了眾人手中。

「情況很糟。」

「多糟？」

「我們收到消息，地獄列車可能已經被劫持了。」

「劫持？」所有人，包括素來冷靜的鍾小妹，都發出了驚呼。「地獄列車自從多年前的地獄列車事件，讓上一代獵鬼小組幾乎全軍覆沒之後，不只強化防護咒語，更增加了自動回擊敵人的功能，整輛列車已經跟生物兵器沒兩樣了，它竟然還被劫持？」

「不只這樣，雖然阿努比斯也退休了，但繼任者可也不是省油的燈，他們是一對夫妻，也曾經經過地獄遊戲的淬鍊。」繼承吸血鬼能力的金髮女孩如此說道，「冰之女小桃和狡猾之蛇九指丐，兩人一溫柔一狡詐，共同接受蒼蠅王的能力強化，聯手掌管地獄列車，已經多年都安妥無事了，這一次到底發生了什麼事？究竟誰有能耐突破重重防線？」

就在這時，阿胖胸口的手機，傳來嘟嘟兩聲。

「有訊息，是小桃傳來的？」阿胖皺眉，打開手機螢幕一看，他的臉，也在這一瞬間，整個變了。

看見阿胖臉色驟變，所有人禁不住湊上前。「隊長，怎麼了？」

「小桃寄來了劫持者的照片！」

「真的？究竟是誰有能耐劫持這台地獄列車？」眾人同時湊上了前。

而所有人的目光同時看向阿胖的手機，也在下一秒，所有人的臉色都驟變了。

照片上的每一個身影，他們都熟識，都能一眼分辨，也因為如此，他們都知道，這一場仗，將會不只危險，而且致命，如果真的是『他們』的話。

照片上，共有七個影子。

第一個影子身材勻稱，背上負著長弓，帶著一股帥氣。

第二個影子身材高瘦，手上那把龍紋長槍，散發濃烈殺氣。

第三個影子身穿女子長大衣，長髮映著金光，雖是女子卻難掩精悍之氣。

第四個影子壯碩豪邁，宛如曠野之狼，狂氣張揚。

第五個影子特別令人注意，他是個少年，陰影下的臉孔上有著一抹輕鬆的笑，笑容縱然輕鬆，卻透露出一股令人敬畏的強者之氣。

第六個影子也是女性，身材窈窕火辣，最令人印象深刻的，是她屁股上撓曲的長長貓尾。

第七個影子呢？他散發著與第五個影子同樣強大的氣質，只是少了份輕鬆，多了份霸氣，那份霸氣，就來自他那古老神祕的胡狼面具。

「他們，為什麼要劫持地獄列車？」鍾小妹聽到自己的聲音，正在顫抖，分不出是驚恐、疑惑，又或者是，興奮。

「不知道。」阿胖緊緊握住手機，語氣激動，「我只確定一件事，我們只有上車，才能知道答案。」

「那我們還等什麼？」孔雀王大笑。

「等列車來啊。」村正聲音也拉高。

也就在此刻，一聲嗚笛響起，迴盪在狹窄的地下車站空間內。

「列車來了。」吸血鬼少女笑。「那我們就……」

「上車！」阿胖大吼，邁開腳步，朝疾駛而來的地獄列車狂奔而去，而他身後，妖刀村正、吸血鬼少女、孔雀王、鍾小妹，也同時邁開步伐，跟了上去。

此時此刻，沒有人知道下一秒會發生什麼事，但全新的獵鬼小組卻確信著……如果真是「他們」親手劫持了列車，那表示，

下一個改變地獄歷史的事件，

又將在這輛地獄列車上，

再次，展開。

The End

奇幻次元 32

地獄系列 第十五部 地獄之後

國家圖書館出版品預行編目資料

地獄系列 第十五部 ，地獄之後 ／ Div 著.
一 初版. 一 臺北市：春天出版國際，2018.04
面； 公分. 一（奇幻次元；32）
ISBN 978-957-9609-32-6（平裝）

857.7 107003811

ISBN 978-957-9609-32-6
Printed in Taiwan

作者 Div
封面繪圖 Blaze
美術設計 三石設計
總編輯 莊宜勳
編輯 黃郁潔

出版者 春天出版國際文化有限公司
地址 台北市信義路四段458號3樓
電話 02-7718-0898
傳真 02-7718-2388
E-mail frank.spring@msa.hinet.net
網址 http://www.bookspring.com.tw
部落格 http://blog.pixnet.net/bookspring
郵政帳號 19705538
戶名 春天出版國際文化有限公司
法律顧問 蕭顯忠律師事務所
出版日期 二〇一八年四月初版
定價 199元

總經銷 楨德圖書事業有限公司
地址 新北市新店區寶興路45巷6弄6號5樓
電話 02-8919-3186
傳真 02-8914-5524